# 接接在日本 2

接接Jaejae ◎ 圖‧文

Jae Jae in JP 2
目錄CONTENT

←肥腕ㅗ…

ㅡ아북 애ㅇㅅ

# 日文or中文

「那……所以你平常跟日本人的大王都是講日文還是中文啊?」

趁工作空檔回台灣休假,與朋友見面聚餐時,常常會被問到這個問題。

對於這個再簡單不過的問題,在下卻老是雙眼發直、口開開的直瞪天花板,久久回答不出半句……

為什麼呢?

這是因為關於「在下與大王到底是說中文還是日文」,得要分成好幾個階段說起……

**第一階段——**

「遠距離戀愛時期」

那時,在下剛跟大王在台灣認識不久(正確來說,應該是大王到台灣出差,我們只在公司見過一次面……),之後大王回到日本,兩人透過網路通訊,開始牛頭不對馬嘴,而且雞同鴨講,不可思議的遠距離戀愛了起來。(現在知道那叫做孽緣啊~孽緣!)

那個時期,在下只會中文跟破破英文,而大王會日文跟很久沒用的中文,還有差不多破的英文,所以第一階段我們是用中文溝通。

台灣

然後我就跟他繼續很環耶你 太瞎啦
哇哈哈哈哈～

忘了對方是外國人不自覺的越講越快，
還使用只有台灣人才瞭的流行語中文…

日本

???

…所以，那個他是誰？

除了說太快跟流行語都聽不懂外、
基本登場人物都還沒搞清楚…

鴨子聽雷

因此幾個月的遠距離戀愛是用中文溝通，但內容六成幾乎都是用互猜的，完全處於渾沌不清、盤古開天狀態來低……

（這樣都能最後在一起!?只能說真的是孽緣啊孽緣～揪心肝）

經過遠距離戀愛，後來決定到日本生活，進入語言學校開始學日文。

**這時候，兩人的溝通進入第二階段──**

「破壞日語時期」

那時為了要多複習日文，因此強迫自己使用日文（但心有餘而力不足啊～～會的字實在太少，文法也露霹破），所以勉強的用日語溝通時，是這樣的：

阿諾… 瓦搭西… 阿那打…

嗚ヾ＜!!
我不會講啦～

只是要說"我要跟你一起去吃飯"這麼簡單的句子，都講到要咬舌頭了…

好不甘心啊～

？

（反正都聽不懂，就乾脆專心打他的電玩…）

（讚你EQ高…）

通常最後還是得用中文說明一次，不然就算大王耳朵洗得再乾淨，也永遠聽不懂在下比破銅爛鐵還破的日文……

你在說日文嗎??

咦，聽不懂嗎？

？

↑
內心受創

後來，語言學校畢業，開始工作，這個時期的日文也考完日語一級的程度了。（有沒有三言兩語輕鬆帶過的感覺？這兩年可是早已流盡我一生的血和淚啊……）

**所以這時可以進入第三階段，跟大王的溝通是——**
「終於聽懂日語時期」

子どもにおなかいっぱい食べさせてあげられるって、幸せなことだよね！

←（原來可以讓孩子填飽肚子，就是件很幸福的事了呢！）

↑
有沒有很有內涵？
（因為正在迷
"海賊王"）

←ワンピース♡

そうだね！

←很難得的放下電玩，跟我認真對話

PS. 海賊王好看啊～

很難得放下電玩跟我認真對話的大王，不知是為在下的日語精進而感動，抑或是對《海賊王》表示敬意？（後者的可能性完全大……）

編按：ONE PIECE，又譯《航海王》

再後來，對於日本生活跟工作比較習慣，心裡的餘裕也有了之後，
開始看得懂大王愛看的「關西搞笑節目」系列，然後開始整個愛上
關西腔的搞笑形態，自然而然地自己的日語也充滿關西腔調，
**而不自覺的進入第四階段──**

「關西腔好好笑時期」

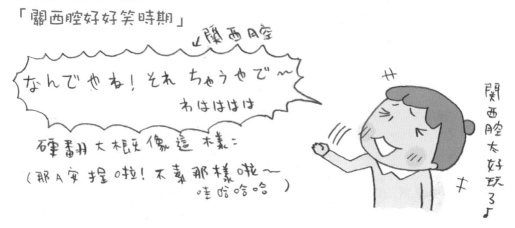

跟大王溝通是沒問題，慘的是這種亂用的關西腔，不能在公司這
種正式場合用（會顯得沒禮貌）……

之後，終於搞清楚關西腔雖然好玩，但在有些場合對某些人是不能亂開玩笑的。（不要亂來比較不會失禮……）

改掉關西腔後，講日文就比較沒那麼有趣了，而且日本工作也漸漸得心應手，比較不用那麼拚命三郎，所以在下一整個該死的、沒一點好的「打從骨子裡出來的懶惰鬼上身」就開始了……

### 進入第五階段：雖然我會，但不代表我一定要說──

### 「懶得說日文時期」

這時候兩人的日常會話是這樣的：

お前の服だらけじゃないか！ ← 一個懶的再講"中文"
你的衣服丟的到處都是！

只願意講 母語(日文)
（比較方便）

厚！知道啦！等下再收是會怎樣～
↑
一個懶的再講"日文"
只願意講 母語(中文)
（純綷是懶）

← 剛好來玩的大王的弟弟(日本人.聽不懂中文)
在一旁聽的好是佩服…
○○各說各的 都能溝通阿… 大人的世界就是不一樣…

すごい！

（弟弟，對不起……大人的世界不是這樣的，乖小孩不要學阿～～）

最後，也就是現階段，熱情已過，心中小鹿也長成老鹿，很久沒撞過了（遠望），兩人也早早進入退休老夫老妻模式，每天大眼瞪小眼的只希望對方不要進入視線內，過著「我可以比較清閒最好」的生活。

至於兩人之間是用哪一國語言溝通？這個問題，也已不成問題了……。**因此現在的階段是屬於──**

「無言勝過一切時期……」

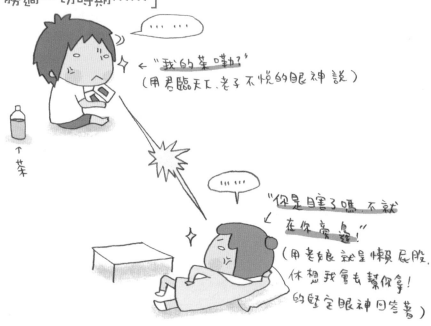

←"我的茶勒？"
（用君臨天下.老子不悅的眼神說）

↑茶

"你是瞎了嗎 不就在你腳邊！"
（用老娘就是懶屁股，休想我會去幫你拿！的堅定眼神回答著）

"不用言語也能溝通！"的老夫老妻生活模式…

百分之百的老夫老妻生活，相信再過不久就會各自尋找養老院去了……

以上，這就是每次被問到「你跟大王都是講日文還是中文啊？」這個問題時，在下為何會陷入雙眼發直，口開開的直瞪天花板的原因了。那時我心想著：天啊！我要如何將這些階段在短短5分鐘內簡潔回答完畢……

P.S.

看著對面犯癡呆、只會玩電玩卻找不到飯在哪的大王，深嘆一口氣，在下要來找自己住的養老院去了……

話說，大王除了小氣，喔不，「勤儉持家」為大王人生的一大堅持之外，此人的各種奇怪，喔不，特異獨行的思維系統，有時還真會把沒見過什麼世面的鄉下村姑在下我搞得不知所措……

（還常常懷疑是否所有日本人都有如此的怪癖？）

所幸後來證實，應該是大王個人比較奇特而已。

（並非所有國際婚姻之路上都如此艱辛難行……拭淚）

記得第一年剛跟大王住在一起時，有一天閒聊：

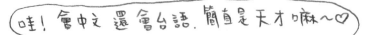

13

還有一次，是在下回台灣渡假一個禮拜，然後再回到日本，跟大王閒閒沒事在家時，突然發現他的腳指甲顏色怪怪的⋯⋯

大王說：
「因為……有天我發現這隻指甲表面凹凸不平的，我想是什麼不好的細菌感染，所以想用刀片剪掉……」
（各位請原諒咱家大王的國語……在下也是邊聽邊猜……）

なにこれ？
什麼東西啊？

刮刮看 →

「我以為指甲應該很厚，所以用力刮，沒想到指甲很薄，結果指甲被我刮破了，露出裡面的皮。」
（容許在下更正：那叫「肉」～）

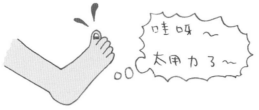

哇呀～
太用力了～

「因為要去洗澡了，不想碰到水，所以就用強力膠塗上去，這樣就可以防水了……」

← 接著剃
（強力膠）

啥!?

沒想到塗強力膠超痛的……

想到就痛…

你……

↑
要吐槽的點太多，
一時不知從哪說起
瞬間啞口無言……

只能說沒死算你命大……

強力膠事件後（幸好後來強力膠久了也就自動脫落，沒有造成什麼損害……），有一次，在下實在是受不了家中沒有全身鏡，於是千拜託、萬拜託，央求大王帶在下去新宿的大賣場買鏡子。

我們到日本的平價大賣場——ドン・キホーテ（翻成唐吉訶德大賣場），在物價很高的東京，這裡算是平價天堂，相當於台灣的家X福、X買之類的大賣場。

然後，重點來了……大王帶著鏡子去付錢後，正開開心心的準備回家，沒想到大王居然就醬一屁股跨上小綿羊……

原來是大王為了不想另外花運費（幾乎是鏡子一半的價錢～），所以打算以最原始的方法——「人工運」，把鏡子載回家……

看在鏡子是賤民小的我吵著要的份上，只好
閉上欲言又止的賤嘴，硬著頭皮乖乖上車。

p.s.其實有試過橫的擺，但是
應該整路會被按喇叭按到爽
……所以改成直放……

嗯

大王…
你確定嗎？
你確定嗎？
你確定嗎…

↑不敢加嘴

抓好喔！

大王啊，您不知道「宅配」
在這個時代很流行的嗎……
（默默擦淚～）

努力不要掉下去

直挺挺的全身鏡，在機車座位上，有這麼高……

本來想說，只要保持好平衡就好，應該不至於太恐怖……
沒想到大王油門一催，風速＋重力加速度＋不知什麼鬼的風壓力……
150公分長的鏡子整個往後倒，我整個要一路頂它頂回家……

風力＋阻力(?)→

努力慢慢騎.
一邊抓緊我
↓

撐住！快到啦

嗯！

使盡吃奶力氣
頂住鏡子
（脖子快斷拉～）

分不清是汗水還是淚水…

在那繁華的東京街頭疾走……

綜合以上大王的各種怪異行徑，在下能得到的結論只有一個──
大王，你快點回火星吧！地球有你很危險的……　（至少在下很危險……淚……）

大王 秘密 資料

大曝光！

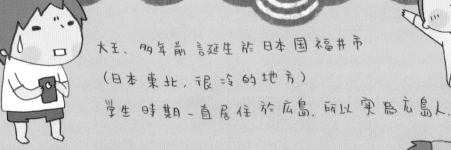

大王，卅年前誕生於日本国福井市
（日本東北，很冷的地方）
學生時期一直居住於広島，所以実為広島人。

大学時主修"中国語"（中文），為了学中文，
到 中国的大連 唸書，之後 流浪到澳門，
最後飄 流到台湾 学習中文。
（啟發 大王"台客魂"甦醒的重要轉捩點？）

在台湾雖只待過 四、五個年頭。
（之後因工作調回日本定居）
但自此與 台湾結下不解之緣。
也是「只要來過台湾，一定会愛上這個可愛
国家」的衆多外国人之一員。

18

# 大王失蹤記

某個週六晚上，跟大王到住家附近的餐廳吃飯（難得上館子），肚子填飽飽後，便滿足的回家洗澡就寢。

睡到半夜起床上廁所時……

半夜 4 點多…

嗯？大王還沒來睡啊？

也沒在電腦前

廚房→

於是我走出房間去找……

又到玄關去找……，都找不到人！

然後去找大王的手機跟錢包也都不見了...

三更半夜的是
去哪啊...
難...難道是
傳說中的
"外遇"

在哪裏花天酒地的想像圖

啊！難怪今天要特別帶我去上館子！
目的就是要讓我吃很多,睡的不醒人事嗎!!??

來!多吃點

嗯！

今天吃牛排還多給我一塊肉!!

不不不、我要冷靜。大王不是那種人...

（不是因為相信他，我沒那麼偉大。只因為大王摳到嫌酒店貴啊....）

打簡訊
↓
いまどこにいるの？
（你現在在哪？）

接著說：

## 錯過終電怎麼辦？

先打個岔，日本的「終電」（最終電車）就像我們捷運的最後一班車，對一般日本小老百姓來說，終電是無論如何，拚了命也得要趕上的。但如果沒有趕上的話，該怎麼辦呢？

在台灣，很簡單，了不起就是坐小黃就好了；但是在物價夭壽貴的日本，地方又大（車程就遠了），坐小黃回家，可是要有動不動就會花上2、3千塊以上台幣的心理準備（什麼？不知道有提過計程車這一段的施主，快去翻《接接在日本——台灣日本大不同》）。

所以，雖然錯過了終電，但又不想花一大筆錢坐小黃回家的日本老百姓、上班族，通常解決的辦法如下：

**解決方案一**
到通宵營業的居酒屋，撐到早上4點半，然後搭最早一班電車回家。（最早的那班電車，日本叫做「始發電車」しはつでんしゃ）

例：居酒屋待幾個小時等始發電車
費用3、4多日幣，坐小黃回家要1萬日幣。
錯過終電，乾脆耍賴陪痛快～

晚上1:00
～
早上4:30
↓
搭始發
電車回家

當年跟好友momo，就在新宿等過始發電車

大家一定想說，蛤～為了省那幾千塊台幣（換成日幣則是1萬左右円），會不會太累了啊？但日本人就是「根性」很夠，很能拚，也很能忍耐，所以到居酒屋等待早班電車的人不在少數。因此，日本（尤其東京）這種特地營業到早上5點的便宜居酒屋，可是很熱門的。

居酒屋的招牌滿街都是。

一整棟樓都是居酒屋。

比較有名的是這種以便宜著稱，且營業到早上4、5點的連鎖居酒屋（餐點全部一份270円）。

大家若有機會到日本自助旅行，就算錯過了終電也不用著急，不妨趁機到車站附近的居酒屋打發時間，感受一下不同的日本風貌也不錯喔！

**解決方案二**

到車站附近的卡拉OK或漫畫喫茶店，一樣耗到早上4點半，然後搭最早一班電車回家（這對會日文的人比較好用，一般觀光客則不大推薦）。

24小時漫畫喫茶店

KTV（日本KTV叫做「カラオケ」，念成「卡拉OK」）。

啊！不是講大王失蹤了，扯這麼遠做什麼？相信有些客官已經猜到謎底了。

接下來，繼續說那天後來的劇情發展……

話說我傳完簡訊，懷著忐忑不安的心情等待著，不一會兒就接到大王的回電。

你怎麼醒來啦？

終於找到人了你在哪裡啦～嗚

幸好沒出事‥

↑哇哈哈你在哭喔？呀哈哈哈～
狂妄的混蛋

經過大王的解說，那天事情是這樣的……
那天晚上12點，在下已經就寢。

晚上12點 的

看電視中↓

上網中↓

手上玩NDS，還可以一邊上網，
還可以一邊看電視的
三台都要霸佔的惡人大王‥

↓

嗶～
↑
此時手機響起‥

呼～
↑睡死的在下

手機裡的對方是大王的台灣朋友——一個日文很好的台灣人——阿姆羅，這週來日本遊玩，而那天正是《劇場版機動戰士ガンダム00（ダブルオー）》的電影公開初日（是的，成為大王好友的首要條件就是必須宅），身為《機動戰士》超級粉絲的阿姆羅，難得逮到首映初日，當然要去燃燒一下小宇宙才行！

結果很開心的看完電影，沒想到太熱血，錯過了搭回飯店的終電，更慘的是，口袋裡只剩1千円，連要硬著頭皮坐小黃都不夠，只好打給大王求救……

なるほど… で、いまどこ？

原來如此，那你現在在哪？

新…新宿です…

ごめん～
拍寫～

鋼彈迷的
← 阿姆羅
（台灣人）

然後捏，大王這個沒神經的，匆匆忙忙拿了手機、錢包，就醬殺出門了～

到新宿營救阿姆羅之後，兩人便到附近的居酒屋去，一邊聊天吃喝，一邊等早班電車⋯⋯

接下來，就是在下起床上廁所，一連串驚悚內心戲的開始。

廁所 廁所～

嗯？

人呢？

以下為客官發問的問題，在下來補充一下沒講到的部分～

**客官問：**
那大王不就坐了小黃去了新宿=口=？
**接接：**
啊～台客大王當然是騎車去低～

**客官問：**
怎麼不把阿姆羅載回飯店？一想到要耗到4
點半就覺得好累～
**接接：**
那是因為東京不像台北都很近，騎車一下
就到了。東京很大，距離都很遠，要載朋
友騎車回飯店，可是要有絕對的領悟才行
啊！（載回飯店再回到家，絕對比輕鬆
坐著等到4點半還要累到癱掉低～）

**客官問：**
如果沒搭到電車就要等到早上4、5點，那
隔天還要上班不就完蛋了？幾乎是要連續
兩天沒睡覺！
**接接：**
是的！如果沒搭到電車就要等到早上4、5
點，隔天還要上班的人都得打起精神，喝
日本的紅牛（商品種類也確實很多），
日本人的精神力可是很令人佩服的咧！
（在下同事裡，就有人可以在一週內這
樣熬夜喝到天亮，再來上班兩、三次的
咧～啊，不過呢，是年輕人就是了！）

本篇〈大王失蹤記〉完～
謝謝觀賞！

# 大王與海綿寶寶

最近有一次難得跟大王一起回台灣渡假,那天閒閒沒事在家,一邊猛啃香香大雞排跟超大杯鮮奶珍珠(原來珍珠奶茶換成鮮奶是這麼的好喝!我要給它按個讚!),一邊賴在沙發轉電視,熊熊看到很眼熟、很多賣小物品的專櫃都會看到的黃色小方塊上有美式大眼睛的《海綿寶寶》卡通正在上演。

海綿寶寶耶,沒看過,來看看先瞧米

章魚哥!

每次放假回國都幸福到要流眼淚...

剛好經過的大王

喔?這是什麼?

**P.S.** 在日本雖然有《海綿寶寶》的周邊商品,但《海綿寶寶》的卡通節目必須要另外裝衛星電視才能收看,一般的普通收視戶是沒有辦法收看的。

由於我們看的是卡通頻道，所以不但有國語配音，還配有國語字幕，大王很高興的說：

喔！這個好耶。剛好我的中文退步很多，可以看這個復習

蟹老闆！蟹老闆！

有字幕，且發音標準

對啊，這個有很多現在的"流行語"以後就不會聽不懂了

P.S. 例如，「超神」、「很夯」、「一整個瞎」等等，這類的由媒體創造出來的流行語，對於沒有常接觸台灣媒體的外國人而言，就會整個聽不懂，而朋友在對話時就會很困擾。（就連在下不過幾年沒看台灣電視而已，一回到台灣，就整個聽不懂跟看不懂新聞是在講什麼了……）

我們看的那一集內容是，蟹老闆搶走海綿寶寶的寵物小蝸，用來做吸金大法，吸走大家的錢幣。

哇哈哈～

← "蟹老闆"

海綿寶寶的寵物 "小蝸"

然後，海綿寶寶出現了，生氣的說：

中間還有一些有的沒的轉折，總之最
後錢幣還是沒能到蟹老闆的手上。然
後蟹老闆哭著大喊：

接著，下一集是海綿寶寶被
絞架卡住的故事。有一幕是
海綿寶寶哭著說：

看到這裡，忍不住問大王：

由於擔心大王該學的不學、不用學的卻呆呆的猛學，於是就在
《海綿寶寶》又出現一個可以用的字時，趕緊給大王來個機會教
育。

那一幕是章魚哥對著海綿寶寶說：

你真是個 大頭呆 耶～

啊！"大頭呆"！
你可以學起來啊！

意思類似日文的
"ㄚ ㄅ" 啦！

（還得著翻成日文說明）

是喔…

←也不知到底
有沒在聽…

那天看完《海綿寶寶》，也不知道大王到底有沒有學到什麼中
文，後來也就不了了之。一直到隔了幾天，兩人一起去搭捷運，
在路上起了點小口角……

所以就說沒有這件事啊！

明 明就有！
我明明就有跟你說過！

沒有！

有！

有！

絕對沒有！

有有有！！

……是的，敝人的吵架
內容就只是爭有跟沒
有，這樣的膚淺內容，
請多包涵……

32

吵到最後，大王生氣的對我撩狠話說：

是的，咱們家的天才大王不只將「大頭呆」與「大頭貼」搞錯，
就算是有把「大頭呆」給他講對……也沒用對場合情境啊～

（有看過人家怒氣沖天的吵著架時大喊，
「居然撞壞老子的車！你這個大頭呆～～」這麼可愛的用法的嗎～？）

兩天後，我們一起跟朋友聚餐（大王的台灣朋友簡直比我的還多@@），聚餐的人員有：

這幾個成員湊在一起，就會沒一句正經的……

在聚餐的當中，一群男生很high的討論各地語言文化的不同……

講完國粹部分，不正經三人組自然的開始討論關於「動作愛情
片」的話題……（就是A級片啦……）
在下略有難色的說：「馬魯口先生，換個話題啦～～」

只見大王附和著說：

對啊，馬魯口你好壞 羞羞臉～

對了，這是要給
你的錢錢錢！

"海綿寶寶中文"

    當時，一片鴉雀無聲……

除了大王的國粹恩師大受打擊之
外，剛認識的馬魯口先生，也從表
情就可看出內心的驚恐……

「怎麼這個日本人原來內心是個小姑娘來得啊!?」

娘…娘…
好娘～

好娘～

居然用
疊字連發～

?

看什麼?

…好啦…
人是我殺的…不該要你學"海綿寶寶中文的…

另外，誰去跟大王解釋一下「好娘」是什麼意思來的～～～

大王聽不懂的中文 大曝光！

雖說大王鑽研中文多年．
溝通對話也都不成問題、
（特別是不三不四、不文不雅．不登大堂的
"國粹三字經"是特別溝通順暢無比…）

但總還是個外國人．中文再如何精通．
遇到媒體或潮流造成的"流行語"就非常的"苦手"
例如：

就是咩？粉好吃？卡到陰？丁丁？兩光？
草莓族？很白目？有Fu？很夯？很囧？…等等…

（事實上．連在下不才．都有很多不明白的新詞…）

另外．在台灣經常會用到的 台語

大王也是只能舉手投降．
一整個鴨子聽雷．有聽沒有懂來的…

36

# 夏日浴衣

每當日本進入夏日祭典的季節，就能在路上看到日本女生穿著各種花色的浴衣到處趴趴走。

哇！這個好美♥

啊！這個也好可愛喔!!

路上各式各樣的浴衣，繽紛燦爛、目不暇給阿～

浴衣穿起來真的是一整個很有日本味，這裡先來簡單介紹一下浴衣的由來與樣式。

浴衣原本是古時日本一般平民在洗好澡
後穿的簡便服飾，就是沐浴之後穿的衣
服，所以叫「浴衣」。

（像現在去日本旅館，抽屜裡會有的那
種浴衣，樣式簡樸，不適合外出穿）

後來，演變成日本夏天祭典時的穿著。

（據說，原本浴衣只能勉強算是庶民的居家服，正式場合不適合
穿著浴衣出席，和服才是正式外出用）

夏天祭典跳傳統舞蹈時，大家會穿一樣的浴衣。

一直演變到現在，除了祭典外，一般外出也可以穿浴衣，樣式也
轉變得豪華且多樣化。

有加大花、加蕾絲、加裝飾腰帶等等，其豪華程度不輸給正式和服。

不過，浴衣價格約在三千～一萬多円，而和服的價格……很貴！約是浴衣的十倍數字，幾百多萬円為平均價格。

說到浴衣，就想到在下剛到日本的第一個夏天，跟大王在路上看到有人穿浴衣，忍不住整個很興奮的嘰嘰叫：

快看那邊！有人穿浴衣耶！好可愛！！

那是和服…

然後，過幾天……

哇!那一整群都穿和服耶
好漂亮喔!!

…那是浴衣…
有沒有這麼笨啊你!!

請猜猜，這些是浴衣還是和服呢？

是的，在下一開始就一整個浴衣、和服分不清，在路上亂指亂叫的，搞得大王再也不想跟我一起出門丟臉……
（啊～這樣想起來，現在大王死拖活拖就是不肯一起出門的原因就大概有譜了……Orz）

那麼，浴衣跟和服的分別到底是什麼呢？
先附上圖片，跟大家玩一下猜猜看～

**解答：**

問了幾位日本同事，浴衣跟和服要如何分辨？得到的解答是——
基本上，浴衣跟和服（日本叫着物きもの）在衣服的質料上就不
一樣了。

同事先是說：「看質料就可以分辨⋯⋯」

話還沒說完，在下馬上抗議的大叫：「茄～我是外國人啦（而且
是特別沒文化、只會敗家的外國人），看質料分不出來啦，有
沒有更簡單易懂、連幼稚園小朋友都可以分辨的方法是最好的
啦！」

在我無理耍賴下，日本同事苦笑著說：「喔喔～這樣的話，基本
上可以從兩個地方來判斷⋯⋯」

## 1.看襪子（和服的足袋たび）來分辨

——準確率80%

和服是有穿足袋的，浴衣則沒有。但夏季穿和服也有不穿足袋的
時候，所以說看足袋來分辨的話，準確率只有80%。

1.看襪子來分辨：

・穿和服時，會穿上一種叫
"足袋"的專用襪子

←有襪子
↓
和服

・穿浴衣時，則是
裸腳直接穿木屐

←沒襪子
↓
浴衣

## 2.看領子來分辨——90%準確率

和服是兩層領子，浴衣則是一層領子。

- 穿和服時，裡面會穿上一種叫 "じゅばん" 襦袢 的內用衣，所以穿起來會有2層領子

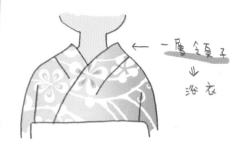

- 穿浴衣時，裏面的內用衣則沒有領子（背心），所以只有一層領子

不過，最近的浴衣也流行起裡面有一層蕾絲領子的設計。所以說，看領子來分辨的話，準確率只有90%。

不過由足袋和領子兩個同時判斷的話，大概就能百分百分辨出來了。

由以上這2點來分辨剛剛圖片的正解是：

Ⓐ 和服　　Ⓑ 浴衣　　Ⓒ 和服　　Ⓓ 浴衣　　Ⓔ 和服　　Ⓕ 浴衣

以後到日本玩，或是看電視的時候，如果有出現浴衣或和服，記得仔細觀察一下領子和襪子，還可以跟朋友現一下喔！

大家答對了嗎？很好玩吧！

啊～對對～夏天除了浴衣，還有一種下面為短褲的夏季穿和服，叫做「甚平じんべい」。

じんべい
甚平

甚平穿的很帥的
"藤木直人"
↓

干物女
↓

生

生

部...部長～♡

↑帥翻

還有這種小朋友的甚平凍未條的可愛吧！

比浴衣更休閒，一般在家裡穿或住家附近穿，日劇《干物女》（台灣譯《魚干女又怎樣？》）裡面那位帥氣而有氣質的部長在家都是穿甚平（當家居服穿），後！把甚平穿的最有fu～的就屬藤木直人了啦！

43

接下來，繼續說說在下當年到日本的情景。那是生平第一次買浴衣，興奮地要穿出去看煙火的那一天……

當天一早起床，就很興奮地忙著研究要如何把浴衣穿起來……

一邊看說明書研究浴衣的穿法
??
?
嗯～把…什麼放到…什麼裏面??
後～這是在寫瞎咪啊～～
日文還在撿破爛程度、
要看的懂說明書簡直要
賠了老命…
搞不懂的
配件

P.S.


當時是在新宿Uniqlo買的簡便浴衣。
（配件較簡單，只有浴衣、內腰帶及外腰帶、小袋子）
價格3990円

百般挫折之後，得到的結論是：嗯！憑老娘當時的日文，絕對是……看得懂才有鬼！

於是只好去拜託大王幫忙穿浴衣（大王老家以前是開和服店的，所以多多少少會一點），然後就開開心心的準備要穿浴衣了～真的是既期待又興奮啊！

一邊幻想著穿上浴衣
美美的去看花火、撈金魚

拿好衣袖子！

嗯！

喔呵呵呵

從～整個很日劇！很浪漫耶～

不妙的是……

15分鐘後…

…………

呃…我可以請問一下為何還在包捏？

從最裏面要穿一件內用衣、
然後包上浴衣。
然後再綁上內用腰帶…
一直在包個沒完沒了
（是說，粽子都沒這麼難搞…）

一直在包個不停…

45

30分鐘後：終於綁好內腰帶，然後東橋西橋一下，
還要包上一圈又一圈的外腰帶，再東橋西橋，
然後還要打上漂亮的結…（一整個沒完沒了…）

我…我說大哥您…是

粽子都要蒸熟了…

包完了沒…

麻～麻麻麻～

↑
外面35度大熱天…

←進入專家模式。
　專心如一

眼冒金星,汗如雨下…

50分鐘後：終於浴衣穿著完畢，
在下也幾乎進入脫水與完全中暑狀態…

穿好了,不要亂し拉喔～

汗

↑
撐著

嗯 ←剩氣音

是誰說穿浴衣
好涼好愜意來的～

←層層包到又悶又熱
就要全身發疹了…

**大熱天的，穿個浴衣折騰了快1個小時！**

46

之後，雖然又悶又熱到整個想火速把粽子馬上脫個精光，然後摔到地上放聲大哭說：「蝦瞇日劇～都是騙人的啦！熱到都要大聲問候林老母外加林老師了，還跟人家撈什麼金魚、拿什麼扇～～」

美電幻想版：

還要去夏日祭典

美美的去撈金魚...

啊哈哈

夏日納涼

（改編自《家有喜事》歡歡的經典台詞）

誰幻滅啊？我幻滅～

真實世界版：

熱死了還包的跟粽子一樣...

汗痕外化 粧都花了...

非常不優雅的猛煽

熱到袖子都翻的老高

（不管了...）

還沒出門都快昏了

但……難得買了浴衣，又拜託大王包好粽子了，還是得給面子硬撐著穿出門。

← 騙人的太陽（明明就熱死了）

火熱

行こうか！？ 走吧

嗯.... 汗流不止

楽的輕鬆

粽子人...

接著說：

## 夏天就是要敗浴衣啦！

一直到現在，在下還是無法理解，為何大家穿上浴衣都還是可以清涼如水，一邊輕鬆愜意的搖搖扇子，一邊呼朋引伴的一起去參加夏日的納涼大會咧？
不過，靠腰歸靠腰，今年還是抵不過各大百貨推出的百百款豪華亮麗浴衣的誘惑，不惜出動摳門大王（苦苦哀求好幾天才得逞……），又給它敗一件下去了……

這次是在浴衣專賣店買的，那裡有賣一整套的，也有衣服跟腰帶是分開賣的。

這次敗家的浴衣價格

| | |
|---|---|
| 浴衣 | 12800円 |
| 腰帶 | 3900円 |
| 腰帶裝飾帶 | 3900円 |
| 浴衣拖鞋（下駄） | 2900円 |
| 合計 | 23500円 |

（台幣約8千多元）

像這樣的是一整套的浴衣～

附上在日本夏季祭典時，拍的路人穿浴衣照片，給大家聞香一下。

女生們穿著各式花色的浴衣趴趴走，真是可愛死了～

接著，是令人羨慕到牙癢癢的情侶檔浴衣（咬手帕～）。

上圖男生所穿的就是甚平了，瀟灑的捏～

混蛋大王的浴衣在老家，沒帶來東京，且他老人家嫌麻煩，也不會這麼花工夫，還穿情侶浴衣一起出門的咧！（嗚～怨念啊～）

接下來是很有氣質的和服登場！

看不到領子，看襪子！
快看！有穿足袋～
所以那是和服來的！

最後，是剛好遇到穿和服、浴衣的人同時走在我前面，慌慌張張的拍下來做個比較。

有沒有慌張？有沒有手震到一個不行？

是的，就是很慌張的掏出手機急忙拍下來的一幕，但是勉強可以看出左邊有穿足袋，右邊則沒有，所以左邊的是和服，右邊的是浴衣。

# 夏日祭典

日本的夏天，除了浴衣，還有一個絕對重要的節目，那就是「夏日祭典」。

為什麼夏日祭典很重要？那是因為日本的祭典幾乎就像是聖誕節，一年只有一次機會可以熱熱鬧鬧，而且還可以開心的逛攤販……

日本的夏日祭典──像咱們這種生長在攤販天堂的人，天天有祭典可看（媽祖進香、三太子誕辰、國慶和過年還會放煙火……），處處有攤販可逛（各大小夜市、再見阿郎鹽酥雞，還有樓下700c.c.西瓜汁……），實在很難體會夏日祭典是有什

麼好雀躍不已、全國人民一片幸福歡騰的。

（太習慣攤販天堂，而身在福中不知福的翹腳、瞇眼、徐徐吐口煙～）

（陷入30分鐘鄉愁思緒，跑去嗑完整包自暴自棄、肥死人馬鈴薯片，徹底頹廢後，終於願意回到書桌來繼續寫……）

好咧～振作起來跟大家介紹一下日本的夏日祭典。

通常夏天神社的祭典，會配合舉辦「花火」、「屋台」、「盆踊り」。

「花火」就是放煙火，內容跟咱們國家差不多，就不贅言了。

而「屋台」就是攤販，日本攤販少得很想替他們掉眼淚～（除了法律不允許，重視衛生安全的日本人也不大能信任攤販的食用安全性，所以也就繁盛不大起來，久而久之，攤販就越來越少）因此這種偶爾才有的大型攤販大會，在日本就非常的有新鮮感跟備顯珍貴了。

至於「盆踊り」，就是祭典會跳的一種舞蹈。

日本屋台販賣的內容跟咱們的夜市攤販不大一樣，來看一下日本的屋台人氣排行榜：

第1名：たこ焼き（章魚燒）

たこやき

第2名：やきそば（日式炒麵）

やきそば

第3名：かき氷（日式剉冰）

かき氷

第4名：お好み燒（大阪燒）

お好みやき

第5名：チョコバナナ（巧克力香蕉）

チョコバナナ

第6名：わたあめ（喬巴也愛的棉花糖）

わたあめ

第7名：じゃがバター（奶油烤馬鈴薯）

じゃがバター

第8名：やきとり（烤雞肉串）

やきとり

第9名：クレープ（可麗餅）

クレープ

第10名：イカやき（烤花枝）

イカやき

52

介紹一下前五名：

**【たこ焼き】章魚燒**
因為可以一口一個，方便邊走邊吃，風味、
口感也好，所以榮獲第一名。

這是有次去夏日祭典拍到的～
這家章魚燒的特色是——章魚有夠大！

看看那些做好的，夠豪邁！

大到包不起來喔！

很有夏日氣氛的攤販！

**【焼きそば】日式炒麵**
也是一炒起來就萬里香，配上冰涼的生啤
酒，很難不去買個一盒來過癮先的～

**【カキ氷】日式剉冰**
這種不過是淋上果糖的寂寞兮兮剉冰，對在
下個人我就沒有那麼有吸引力了。
（強忍鄉愁再說一次，對吃習慣了各式
各樣紅豆、牛奶、布丁剉冰，還可加
粉圓、芋圓、芒果、草莓等，花樣
多到不勝枚舉的咱們刁嘴台灣人來
說，日式剉冰實在是簡樸到不禁令
人掬一把同情的眼淚啊～）

**【お好み焼き】大阪燒**
照片左邊為廣島燒（餅皮薄，有麵在裡面），右
邊為大阪燒（餅皮厚厚一片，沒有麵）。大王全
家都是廣島人，所以對廣島燒是死忠一派，視大
阪燒為「邪道」，據說大阪人也同樣對廣島燒存
在著敵對意識來的⋯⋯
（謎之聲：吵什麼吵，摻在一起做瀨尿牛丸不就
得了～）

【チョコバナナ】巧克力香蕉

這甜點也很奇特，整根香蕉裹上一層巧克力醬，色彩繽紛，可以展現天真童心，同時散發無邪魅力，絕對是裝可愛必備聖品之一啊～（ㄟ這是竹下通可麗餅）

接下來，介紹一下其他日本屋台的內容：

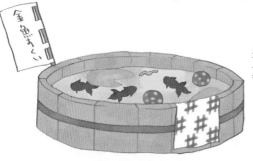

【金魚すくい】撈金魚

這個在台灣都快消失的攤販項目，在日本的每年夏日祭典還是人氣滾滾的。

【ヨーヨーつり】釣球球

日本小朋友都很愛的釣球球，也是傳統日式祭典裡都會有的攤販。玩法很簡單，在流動的水槽裡，用特殊的勾勾將色彩繽紛的球釣起來。

還有進化版的～

【スーパーボールすくい】撈球球

小弟弟看著不斷流動著的各式各樣花色的球球，像是被催眠似的，眼睛就是離不開這一攤，不讓他玩個一次，看來是不會死心的……

然後還有這個～

【あんず飴】包著各種糖衣的水果
類似我們的糖葫蘆，只是日式的是單顆大的
水果，像是杏子、桃子、橘子等。

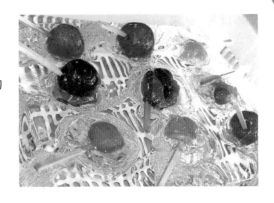

剛到日本的幾年，每逢夏日祭典都會拖著死不願出門的大王去逛。

為了可以很三八的穿浴衣出去晃

走麻～走麻～

死拖活拉

才不要…

寧願宅在家玩電玩

今年因為工作較忙，就沒有辦法抽空去。

沒想到公司貼心的舉辦了社內的夏日祭典，
給大家熱鬧、熱鬧一下，雖然只有小小幾
攤，但大家還是玩得很開心。

原本以為，今年有在公司裡感受到夏日祭典就很欣慰了～擦擦眼角的眼淚，拿起包包結束今天的加班下樓回家時，居然在辦公大樓林立的商業區，遠遠就聽到夏日祭典的慶典歡呼聲，跟幾個一起下班的同事抓著包包就往音樂的方向奔去，結果看到：真的在辦公大樓園區內舉辦夏日祭典。

大家趕緊找到位子坐下來，同事們就分頭去買攤販的餐點。
（重點是要配啤酒用低，哇哈哈～）
買了炒麵、煎餃、烤花枝等等，看看有多麼的手忙腳亂，焦都對不好……都是為了急著喝那口冰涼啤酒呀～～

很好笑的硬要辦個撈金魚（玩具金魚），人氣很高，大家都排隊玩這一攤。

呀呀！
快來一杯
往啤酒先啊！！

然後一群人帶著微醺，在那夏日晚風下，伴隨祭典音樂，欣賞著大家跳著傳統阿波舞，一整個好愜意的夏日祭典呀～～

# 揪感心日本人 (上)

一月和七月，是令所有日本敗家男女頓時喪失理智、燃起熊熊戰
火的兩個月，因為……這兩個月分別是冬季和夏季服飾大大打折
的月分！

（日本的百貨業在沒打折的季節，管你VIP卡拿幾張，就連95
折都不打，但一到打折當天，所有的店家都會很猛的一下全店打
5折或7折，所以可想而知，一旦打折季鳴槍開跑，那是有多少
蓄勢待發的日本女生會一擁而上、殺他個片甲不留……）

自然地，很懶、很自閉、不知上進為何物，只會敗家敗得月光光心驚慌的在下，在這打獵，喔，不是，是打折季節，就算口袋裡只剩便當費，也會毫不猶豫的戴好頭盔、戰甲，跟著一大批猛喊「卡哇咿～卡哇咿～紅豆泥～卡哇咿～」的日本敗家妹們，一起衝入日本各大百貨商場，去搶個鼻青臉腫、你死我活的，而這無非是一件合情合理，也十分合乎邏輯的事情了。

搶成一片～

在這→

搶啊～

← 還跟很摳大王說
在加班中，
其實根本一下班就
衝來殺殺戰場…

話說某次打折季，在下於下班後再度馬上殺到戰場（在打折季節，得要分好多天、逛好多家百貨商場物色獵物，敗家人這個月都會很忙低……），然後在百貨公司裡跟人家搶啊搶的，萬萬沒想到就搶出了意外事件……

搶到
↓

斯咪媽線～
我要試穿!!

← 殺紅眼
← 已經在別家殺了一大袋…

試衣間　才正要套進洋裝時…

咻!

肩帶斷

咦!!!!!

大概是被大家搶來搶去的關係，肩帶「啪」的一聲就斷了！

我趕緊逃出試衣間，將衣服還給店員，就趕快「酸」了～

我一路頭也不敢回的「酸」到百貨公司一樓大門旁（準備穿門而出←太壞了，乖小孩不要學～），才氣喘吁吁的蹲坐下來將鞋子穿好……

是的，在下因為在試衣間弄斷人家的肩帶，不但不坦白自首告訴店員，還一溜煙「酸」超快！現在，馬上得到現世報——人家一整袋的敗家物哩？被我丟在哪家店裡忘記提走啦～

（其實根本就是自己驚慌逃跑中，整袋忘記丟在哪啦！飆淚～人家才剛剛買的耶～～）

現在，也顧不了會不會被店員抓去質問肩帶的事而得要掏腰包賠錢了！立刻沿路一家家回頭去找那袋敗家物……

在哪家丟掉的啊～

剛才太驚慌的逃跑…
完全不記得方才的跟線…

死命→找

人還是超多的…

一直到百貨公司快打烊前，我還是沒有找不到那一袋（我逛的這家百貨9點就打烊了），只好就近抓住其中一家店的店員，紅著眼問：

斯咪媽線…請問有沒有看到一袋紙袋在您店裡呢…

真的快哭出來…

您沒事吧您 ←哭未到

大概是除了把小孩搞丟之外，沒看過如此驚恐的客人，店員火速的寫下警衛室的電話給我，並且教我要如何處理。

您打這個電話，警衛會跟您聯絡的

嗯，好⋯

絕望了嗎⋯

←揪感心店員寫給我的警衛室電話號碼。（當時一整個心慌如麻，整張紙被我捏得皺巴巴⋯⋯）

P.S.

原來警衛室在日本叫做「保安室」啊～
（語言學校時沒教，後來進公司也用不到這字，所以在下也是這次才知道⋯⋯）

我照著揪感心親切店員教的步驟，先打了電話，再到警衛室寫失物單，並留下聯絡電話。（同樣地，大概除了把小孩搞丟的雙親外，警衛可能也沒看過如此驚慌失措、眼神深處藏著絕望的慘白客人，所以也很鉅細靡遺的登記了失物內容及時間、地點）
而雙手空空、失魂落魄有如心頭肉被切一塊走的在下，只好黯然的回家先。

我回來了⋯

お疲れさん～!!
（辛苦啦～!）

大王的弟弟、住在附近、常會過來一起吃晚餐

61

接著說：

## 三雙襪的真相⋯⋯

A抖⋯⋯敗家女如我，去跟人家搶拍賣，有可能只買三雙襪子就拍拍屁股帥氣閃人嗎？

不不不⋯⋯那一袋令人黯然銷魂的失物，裡面可是有：

質感好工人垮褲一條（5折）

裝可愛很好用藍白圓領衫一件（5折）

愛麗絲風黑蕾絲頭飾一條（7折）

夏天用膝上襪三雙（7折）

那為什麼只說丟了三雙襪呢？

請各位仔細看看剛剛的畫面啊，因為圖內還有這位摳門大魔王在啊⋯⋯

小氣，喔不，勤儉持家、兩袖清風、視物質虛榮為糞土的大魔王坐鎮在場，在下要是暴露了剛剛其實不是在加班，而是去瞎拼敗金（還把一整袋東西搞丟），那豈不是自投羅網，直接讓大王把我從2樓窗戶丟出去比較快⋯⋯

但是，又不能說「沒事、沒事」（連續劇都嘛有演，「沒事、沒事」接下來就是被問個稀哩嘩啦，老公一定是外遇、女的一定是出軌、未成年的就是爸、我⋯⋯懷孕了⋯⋯），所以說掉襪三雙，既可避免摳門大魔王火大摔人，又具有那麼幾分真實性，不但可以掩飾在下的神情黯淡，還可招來幾分同情心，也許今晚還可以因為太可憐而不用洗碗、摺衣服！所以說，掉襪三雙實在是既實用又實惠，穿破了還可拿來當抹布，環保不輸人，實在是好藉口中的好藉口啊！

# 揪感心日本人 下

在下在百貨公司搞丟才剛買到手的一整袋衣服後，神情黯淡、萬念俱灰的回到家，剛好大王的弟弟來家裡吃飯，於是便跟弟弟說起是掉襪三雙啦……

弟弟關心的接著問：

喔喔！那怎麼辦啊!!

有回去找嗎？

我是有到警衛室登記了…

嗚…

一想到就心碎…

還得打起精神畫部落格…

看我一直垂頭喪氣、悶悶不樂，弟弟又說：

看我一直在暗黑情緒中，好心安慰的大王弟弟

不過、還好只有襪子啦，不要難過了啦～

嗯…

我看…不只是三雙襪子啦～ 老實招來如何啊？

←心驚!!!!

原來……在下的計謀老早就被識破（不愧是掌門大王，在下舉白旗投降啦～），接著大王就順理成章、咄咄逼人的逼供啦……

這次又亂買了什麼啊？ 說!!

咦!!?? 三雙襪子是說謊嗎!? 我被騙了喔??

←很純真的弟弟

被逼供中 →

慘了慘了…

緊張緊張⋯⋯就在快被逼供出來、千鈞一髮的時候，在下的電話
響起，我迫不及待的跳起來，逃也似地去接起電話，結果內容是
⋯⋯

剛剛回家前才去通報的百貨公司警衛室打來的，說我的紙袋找到
了！！
原來我把袋子掉在其中一家店裡，一直到打烊都還在原地，店員
收店時才看到，然後就趕快送到警衛室去了。
這麼說來⋯⋯那麼多逛街的人，居然沒有半個人起邪念將袋子提
走！而且店員也是一發現就馬上送到警衛室！

　　　　簡直就是太～純潔又正派，太～令在下感激落淚的日本人啦！

自從在下從台灣搬到東京住之後，一直以來都是遇到對憧憬的日
本不斷幻滅的場面，例如，恐怖的滿員電車、暗黑的瘋人院公司
等等，還以為東京就是這麼冷淡、無人情味的地方了，沒想到這
一晚真是讓我嘗盡日本人性本善的溫暖啊！

心都暖洋洋了啦～～
(´;д;`)喔買尬！

感謝啊!!

第一回到懷抱花無限感謝中，對膚淺只會敗家的在下而言，重要的瞎拼商品安全

Friendly!

居然沒被半個人污走～真是太令人感動啦～～
原來人家日本還真是個好地方的～我錯了～～原諒我啊～～～

就這樣，因為這次的失物安全歸還事件，讓在下覺得日本人確實有很多小地方都讓人覺得揪感心的。（除了在工作模式變魔鬼的時候啦～）

啊! 有封信還沒寄捏!
等下再來洗好了··

給湯室
↑
（茶水間）

還記得有一次，在下帶便當到公司吃，吃完之後到茶水間打算洗便當盒，突然想起有別的事，就把準備要洗的便當盒丟在茶水間了。

就這樣過了二、三天（是的，在下隔了3天才想起，啊～我的便當盒還沒洗耶！慘了）……

我急急忙忙衝到茶水間，準備面對一打開就變得像恐怖片般的便
當盒時，看到的居然是……

茶水間的桌上，我的便當盒洗好、整齊的擺在上面，而且洗好的
叉子下還墊著一張漂亮的餐巾紙。

不知被哪位好心人士 洗的亮晶晶、
還放在折整齊的餐巾紙上…

一整個揪感心的啦！

咦!!!

誰洗的～
揪感心的啦～

← 一時又感動又羞愧～

一直到現在，我依然不知道究竟是哪位揪感心好心人士默默幫在
下洗的便當盒。（就算是同公司，一千多個員工，要查也不知如
何查起，再說，把便當擺在那的自己，實在很糗捏……逃走～）

後來過幾天，在茶水間看到
一張紙條。

茶水間怎會有紙條？ 好奇他寫了什
麼，走近一看是這樣：

原來是別的人也是把
茶杯忘在茶水間，然
後也是有人默默幫他
洗了，然後忘的人留
下的感謝紙條「幫我
洗了杯子，謝謝你」

（洗的人跟忘的人都
令人很感心阿～）。

類似這種小地方揪感心在日本是隨處可見的。
例如，在下在路上看過這樣的情景，分別是……

一串鑰匙，
放在路邊的矮圍牆上

嗯？

一支手套、
放在車站內的置物櫃上

嗯？

看過一次、看過兩次，漸漸就覺得怪。
是路人掉的嗎？掉的地方也真奇怪，怎不是掉地上，都是掉在旁
邊可以放東西的地方？

後來有次親眼目睹，才知道原來東西
都不掉在地上的前因後果是這樣滴：

路上有掉東西

←路人

撿起，但不知如何歸還失主，只好放在旁邊
較顯眼好找的地方，希望失主回來時好找

←撿感心！

「原來如此！」

←原本掉的地方

在後面目睹

心暖暖～

天啊！
日本的人們也太可愛、
太令人撿感心啦～

後來陸續在路上發現的案例：

別人撿到掉的手套，好心將它放在竿子
上，讓失主回來找時一眼就看得到！

又有失物！這次別人是將它夾在電線桿上～

最後是這個小抱枕～（大概是哪一家曬衣服時掉的吧？）
好心人士將它撿起、掛在牆上，還特地寫在紙上標明這是失物喔！（感心～）

本篇最後，給各位瞧瞧揪感心的真實照片吧……
當初看到洗好的便當盒，實在是太感動了！趕緊拍下來存證。

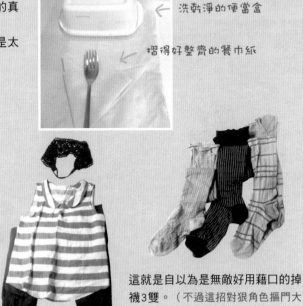

← 洗乾淨的便當盒

← 摺得好整齊的餐巾紙

這些是開心找回來的一整袋敗家戰利品，到底是敗了什麼呢？照片大揭曉～
（反正後來還是含淚被大王逼供出來，就……豁出去啦～）

從上到下分別是：
很三八愛麗絲風黑蕾絲頭飾
裝可愛很好用藍白圓領衫
質感好工人垮褲
（嗚嗚……居然找得回來～真的真的太開心啦～感動落淚……）

這就是自以為是無敵好用藉口的掉襪3雙。（不過這招對狠角色搞鬥大王無效……QQ～）

話說在下搬到日本住，已經八個年頭過去了，這次來跟各位介紹
一下在日本的住家情況。

首先，是咱們家：
我們住的是大王租的小房子，位在東京都新宿區（雖說是新宿
區，但離新宿車站光走路就要30分鐘哪……@@～），房子的外
觀像這樣：

這條住宅區的巷尾，那棟白色小房子就是咱家啦～
第一次到大王家時，第一眼就看出……這是個路沖房啊
～@@（冷汗），但後來居住了八年，也還好，諸事平安，就～
睜隻眼閉隻眼，當作台灣風水觀國外不適用，算了～^ ^;

再走近一點看～
這是一間2層樓的矮房（在日本，這種小房子租金會比鋼筋水泥的大樓還便宜），樓下2戶為補習班跟印刷公司，樓上2戶則為出租的房間，咱家是有破草蓆的那一戶～（大王加上的草蓆，他說這樣有遮風擋雨的雨遮效果……）

好好的房子被加上破草蓆……

另外，從咱們家的角度看出去，外面的街道是這樣的純住宅區。除了山崎雜貨店，就沒有其他商店了，白天、晚上都非常寧靜。

靜

←聽不到半點聲音，很緊張是不是自己聾了…

（跟吵雜的台北市大不同，剛來時，晚上安靜到我都以為我聾了……）

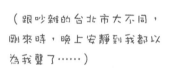

72

介紹完外觀，要來上樓了，這是旁邊的小樓梯。

那台是大王的第二代愛車（第一代在惠比壽被偷了……嗚～大王的傷心事，就別再提了……）。

第一代愛車是Honda 的エイプ  APE 50。

看看大王當年的第一代愛車風采──
騷包的全白APE
很小、很輕巧，又很騷包的APE50，曾經是大王的
心頭肉啊……唉～

被偷之後，大王傷心欲絕的說：

下一台…不要買 那麼 帥 的…
買 醜一點的，比較不会被偷…

抽
悶
煙

報 警 了，過2個月都 沒 消息，
準 備 再 買 一 台…

所以第二代愛車是長相愛國，但是性能平實耐用
的本田100型機車，而且是低調到不行的黑……

言歸正傳，拉回到咱家，前面是夏天的view，這是秋天時的view。

說到秋天就要說到落葉，日本的四季是非常分明的。

（秋天經常是這樣，要跨過滿滿的落葉才能出門去～）

這是冬天時的樓梯。

另外一台是大王弟弟的輕型機車。（弟弟常來家裡串門子）

冬天時的外觀。

看到沒，那積滿雪的破草蓆。（好像是稍微有那麼點兩遮的功效啦～）

上了樓梯，來到大門。

看看有多陽春，大門的號碼掉了，大王就用簽字筆補上門號……

進門，首先是小……小的玄關。
日本住宅的特點就是麻雀雖小，
五臟俱全。

所以我們家雖然霹靂小（共約8坪大），但該有的都不缺（包括
玄關、陽台、放洗衣機的地方、廁所、浴室、衣櫃等通通都有塞
進來……）。

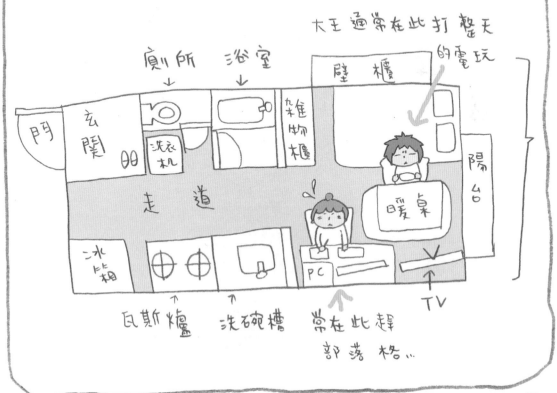

再進來是一條走道，旁邊有基本的廚具、冰箱、洗碗槽。

右邊是大王的櫃子，放著大王的愛菸——日產的「MILD SEVEN」，這裡的窗子也有大王加裝的遮風用草蓆。（百元商店購入～）

走道旁是浴室、廁所，跟放洗衣機的地方。

浴室打開是這樣，小歸小，還是有浴缸可供泡澡。

獨立式的廁所。

廁所前無敵小的空間，還剛剛好可以擺台洗衣機和收納架，真的是很佩服日本人的空間規劃說～

很愛這台滾筒式洗衣機！
（大概跟大王盧了三年，才到手！）

再往前走,則是最主要的生活空間——客廳兼餐廳兼房間兼工作室的主臥房。房間太小,全景無法入鏡,圖解一下是這樣的格局:

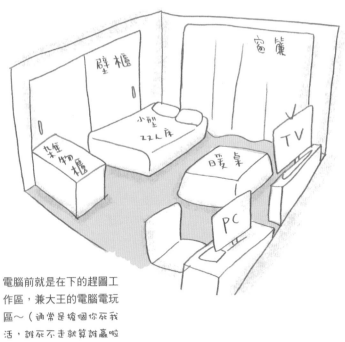

一進來,有暖桌、電腦桌、電視及大王的PS3等等主機。

電腦前就是在下的趕圖工作區,兼大王的電腦電玩區~(通常是搶個你死我活,誰死不走就算誰贏啦……)

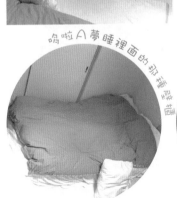

哆啦A夢睡裡面的那種衣櫥

暖桌的另一邊就是床跟崁入式壁櫃。

大王的寶座,經常坐在這玩電玩當不動大王……

床尾擺收納雜物。

看看書架上台灣出版社特地寄到日本給在下的首版書^▼^b
壓在上方厚厚的那幾本則是大王的工作用書。

看到這裡,是不是嚇了一跳啊?
東京住家怎麼如此的又小又簡樸!?

是的QQ～，東京除了物價貴，租房子的房價也是很貴的。像咱們家不過才8坪大小，一個月的租金可是要8萬円（約台幣快三萬@@！）。不過，這還是東京算很便宜的物件（所以我跟大王才寧願住又破又小，也不想多花房租@@）。

通常兩個人住的話，會租較大一點的物件，平均房租也在10到12萬円左右（約三萬五千到四萬二千台幣），在下的家在租屋物件裡，算是比較舊型的矮房，所以價錢也較便宜。

接下來，介紹一下日本居的特有物──傳說中的「暖桌」。
這是一般印象裡，冬天時使用暖桌的模樣～

其實在夏天，暖桌是長這樣的～
就像普通的桌子一樣。

夏天使用時
就像普通桌子
↓

日暖桌好舒服哦～

日暖桌
有棉被↓

暖桌構造圖。最下面是暖爐的桌子，然後蓋上專用棉被，最後放上桌面。

暖桌是在附有暖爐的桌子上，蓋上一層暖暖的棉被，讓人冬天也能腳暖呼呼的很舒服，而夏天則可將棉被收起來，當一般的桌子使用，非常的方便。

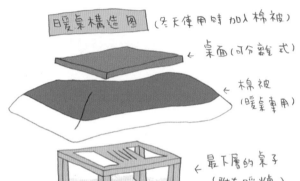

日暖桌構造圖 （冬天使用時加入棉被）

← 桌面（可分離式）

← 棉被
（暖桌專用）

← 最下層的桌子
（附有暖爐）

拿咱家樸素的暖桌來圖解一下＾＾；這是原本的樣子～

大王說，要放上東西才好比較大小～（所以就把他的無線遙桿跟菸放了上去）。

把上面的桌面拿起來，就可以看見中間有個暖爐的構造。（很神奇，會熱，但手摸不會燙到）

然後鋪上暖桌專用的棉被，再把桌面蓋回來，就是日劇裡常看到的暖桌啦～

基本上，這張暖桌……三餐要在這裡吃，要當閱讀桌，還有大王玩電動時也是窩在這桌上玩，加上在下趕書、趕部落格的文章也通通在此小不隆咚的桌上搞定。

一張 80 x 80 cm 大的暖桌，用當兩人的

・吃飯用　・畫圖工作用
・化粧用　・閱讀娛樂用
　　桌子…

咱家才8坪大，要塞入陪兩個人度過8年酷暑寒冬的各式物件，屋內的雜物自然是能擠就擠、能塞就塞的擠爆沙丁魚狀態。所以啊，剛剛一掃而空、清爽乾淨的暖桌桌面，很抱歉，那是用來不要嚇壞大家、拍照用的假象圖，真正每天使用中的咱家桌面，通常是這個局面：

注意看那個麥當勞可樂的比例，就知道這桌子有多麼的迷你～～～

滿滿滿！！！

為什麼會塞得這麼滿!?好，加上註解來說明一下這些物件都是幹嘛用的……

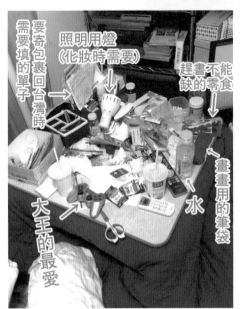

要寄包裹回台灣時需要填的單子→

照明用燈（化妝時需要）

趕書不能缺的零食

畫畫用的筆袋

水

大王的最愛

自己也很佩服，怎麼能「善用」桌面每一吋空間到如此淋漓盡致的地步呢？簡直是奇蹟……

真的是每天都在這種爆滿狀況下，面不改色的使用中……

通常要吃飯或畫圖時，會將雜物移開一點點，神乎其技般的只使
用一點點的桌角空間；做完事情後，又恢復看不見桌面的原狀
……

練出可以使用一小角桌面
即可完成部落格圖的
一身真功夫(?)

神技！

這樣一小角都能畫…

實際照片：
畫圖時，挪一小角來畫……

吃飯時，挪一小角來吃飯……（羞）

嗯～為了不要打壞大家對日本居的美夢，且只讓大家參考咱
家的奇蹟式破爛公寓也有失公道，於是懇求在下的日本好
友，讓在下採訪一下比較正常的居家模樣給大家參考～

朋友租於涉谷、約7坪的大廈（一個人住的正常大小，咱家是為了省錢，8坪硬塞了兩人在住……），從玄關望去，一樣是走道、廚房、衛浴設施……應有盡有。

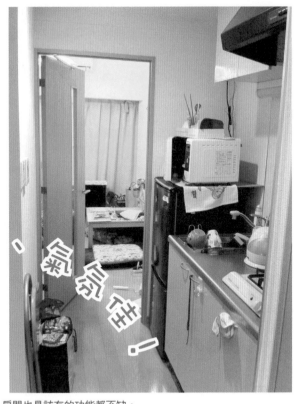

麻煩光美、氣派氣！

房間也是該有的功能都不缺。

只是全部通通像是過了一次哆啦A夢的縮小隧道一樣，每樣東西尺寸都縮小了些～

浴室裡縮小一圈的洗臉台、浴缸（大概是台灣普通浴缸的一半，但很深）。日式衛浴大多做成浴室跟廁所分離式樣。

廁所馬桶和台灣的一樣大，只是整間空間縮水。

然後這是瓦斯爐。

（看看有多小，所以買的鍋子也不能太大，不然反而很礙事，放不下……）

朋友很聰明，買超小的煮水鍋，要煮泡麵、泡茶，水一下就滾了。

再看看這個洗碗槽（大概只有台灣普通尺寸的1/3吧！），放個小杯子就放不下其他的碗盤了，也難怪朋友會買那個超迷你的煮水鍋，太大的話，這個小小洗碗槽還放不下，無法洗咧～

迷你的水槽，只好搭配迷你的鍋碗、迷你的熱水壺，才方便使用。

不過，以上都只是在都會區單身居住的物件，所以都是以迷你而五臟俱全為主打的商品。

當然，在日本的家庭，總不會家裡成員3、4人還是擠在那樣迷你的小屋裡。所以接著大概介紹一下，日本一般正常的家庭會居住的物件。

以下是我們去大王的大阪伯母家玩時，順便拍的照片。

伯母家有4個人居住。

玄關長這樣，有比單身版的大一些～

飯桌～

（這種大小就跟台灣咱們看慣的尺寸差不多了吧～）

除了客廳、起居室，另外還有客房（我們去玩時就借住這間房間）。可以看得出來，比起咱家的單身版住宅，這種家庭式的大得多了。

浴室與廁所是分開式。

浴室前的更衣場所～（很多漫畫情節裡，主角都會在這裡脫衣服，然後被「不小心」撞見，噗嘻>＜）

浴室裡面。

廁所（還是很小間，也許廁所本來就不需要太大間後？）。大阪伯母很可愛，廁所布置得很浪漫。

另外追加暖桌的照片。
這是外婆家的暖桌～
外婆家有5個人，使用的是這個大小的暖桌。

日本的冬天，就是要暖桌配上橘子才經典～

大王在外婆家客廳時的照片～

日本暖桌都不會做太大，以免暖爐的效果不佳～

日本暖桌……配上小貓更是經典中的經典啊！

吉小鬼～好萌啊@@!!!!
（鼻血～）

↑外婆家養的撒嬌小貓

最後是一般住宅區的建築，前方的是矮房物件（冬天冷風會直接灌進去，但比較便宜），後方的是大樓式建築。

建議大家以後到日本遊玩，除了觀光地，不妨也到住宅區晃晃，體會不同風貌的日本喔～～

後記

為何和大王兩個人住的是單人住的1K（小套房）住宅呢？

那是因為當初，在下決定搬到日本時，大王說：

緊張

日本

那你搬來時,我們再去找"兩人住"的房子好了. 現在我的地方很小...

還在含情脈脈，嬌羞不已，肉麻當有趣的當時，為了要給大王好印象，於是故作大方的說：

台灣

嘿嘿

沒...沒關係啦... 搬家得花錢.我先過去住看看, 等確定住不下時再搬也行嘛~

看我多麼體貼又懂事呀~

裝乖

結果搬到日本，也住進了麻雀一般小的大王的家。

剛開始，大家不說也知道，是戀愛才開始的盲目期（連吃苦瓜都甜的感官麻木期～），所以當然不覺得房子太小，根本住不下的問題。

等到約莫過了一年後，漸漸恢復正常感官知覺，跟大王說：

欸!這房子好像是真的太小. 我們還是搬家吧?

逃避已成往事

歐巴桑本色全開...

只見大王頭也不抬，從鼻子冷冷的「哼」了一聲：

你在說什麼?搬家都是錢耶! 現在不就住的下嗎? 發什麼神經~

雨點出→ 把門大王罵跑了

!?

嗚!

為~

只能恨我自己啊~ 當初裝什麼小家碧玉 懂事又體貼~

無限懊悔~

石夢!

讓我撞死我自己~

我恨~

就是這樣，只能怪自己當初愛三八，裝什麼小女人！

早知道大王是如此的摳門達人的話，就應該大聲的要求，先找適合兩人住的物件了……

也就這樣，自己的走錯一步棋，造成了往後幾年都得委身在這寒酸小屋裡渡過了……

# 日本居之
# 有的沒的

介紹完日本的咱家，其實還有日本居其他一些有的沒的，也想跟
大家分享一下～

（請您原諒在下說話就是如此的落落長，還講不到重點……）

### 日本居之有的沒的：上完廁所都不洗手!?

在日本的單身住宅，廁所外面通常是不會再特地做個洗手台供人
洗手的。

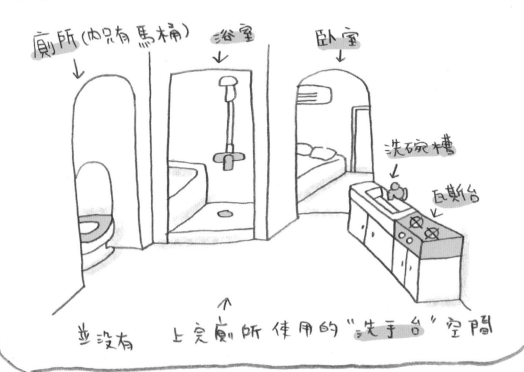

在下剛到日本時，上完廁所，通常就是直接到洗碗槽去洗手。
但常常被我看到大王出來都沒洗手！於是有天忍不住就念他：

在下都是在 "洗碗槽" 這裏洗手

上完廁所出來

欸，上完廁所，
洗個手咩～

我有洗啊～
（確實手有濕）

結果，原來是（相信不少人早就都知道了）……在日本的廁所
裡，馬桶就設計了可以洗手的功能啦～

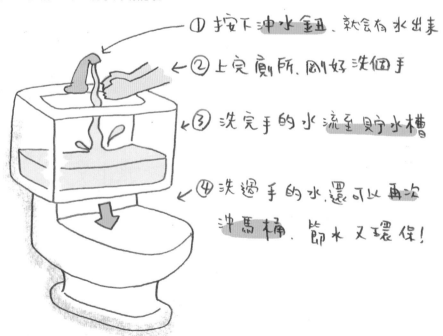

① 按下沖水鈕，就會有水出來

② 上完廁所，剛好洗個手

③ 洗完手的水流至貯水槽

④ 洗過手的水還可以再次
沖馬桶，節水又環保！

請注意這裡，按下沖水時，這裡會有水流出來，就在此洗手，順便沖水，真是聰明又環保的設計！(照片攝於大王大阪伯母家的廁所)

照片中的大阪伯母家，還很貼心的在廁所裡放上擦手巾。

上廁所出來的人，自然是連手都洗乾淨了才出來的。所以看在我這很土、不習慣的外國人眼裡，才會嚇一跳，以為大家上完廁所都沒洗手啦～

## 日本居之有的沒的：一家子共用同一缸泡澡水!?

到日本之前就曾在電視裡看過，日本的家族都是同泡一缸洗澡水的，但是沒實際體驗過，還真不知道那是怎麼一回事。
後來，有一次跟大王一起回廣島老家，因為要省錢，所以沒搭新幹線，而是坐便宜的夜間巴士（要開12小時才到）回去，因為適逢悶熱的梅雨季，到達時早已渾身不舒暢，很想洗個澡……

但大王說，洗澡通常是長輩先，我們小輩應該是最後才進去的……

在日本，洗澡是有照順序的，像我們家是老爸先，通常是長輩先進去洗，我們晚輩才去洗的

真的假的!? 洗個澡還有順序的阿？

坐了12小時的巴士全身不舒暢，超想洗澡…

仔細一問才知道：

在日本，較傳統的家庭
洗澡有先後順序，
依序為家中地位高的人
先洗，像大王家為：

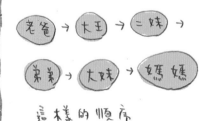

老爸 → 大王 → 二妹 →
弟弟 → 大妹 → 媽媽

這樣的順序

在台灣大多沒有這樣的習慣，
誰想洗就去洗，是很自然的。

也所以，這樣環境下的台灣人在不
很想洗澡時就去洗，也是再正常
不過的事了，對吧……

我…我去洗一下澡…

超想洗澡→

（不知日本有洗澡順序
這件事…）

在大王老家作客中的自目…

妳給我等一下！

妳可是小媳婦哪～

但大王說，這次我們算是客人，所以比較沒有關係。

（頭一次聽到洗個澡還有分先後順序的，真是嚇一跳～）

大王的媽媽 趕快去幫我 放洗澡水

招待不周，真是不好意思！
我現在就去放水喔～

← 大王長得像媽媽

阿、謝謝！

浴缸裏的洗澡水
不可以放掉喔！

再三的叮嚀

於是，小的在下就趕快進去洗澡。
日本一般家庭的浴室長這樣：

浴缸比較小，還有蓋蓋子，然後旁邊有個小椅子……

看半天……這蓋子是要怎麼辦呢？

翻起來看看，原來裡面是準備好的熱水。

那缸洗澡水，實在是不知該如何個洗法，於是匆匆沖個澡，就出來了，也沒進浴缸去泡……

第……第一次叫媽媽……害羞啊～

後來才知道，在日本的住家，洗澡的習慣是：

① 先放洗澡水

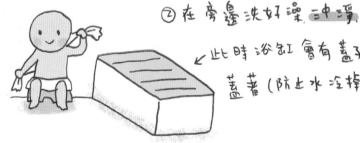

② 在旁邊洗好澡，沖澡

← 此時浴缸會有蓋子
蓋著（防止水冷掉）

③ 打開浴缸的蓋子，
進去泡澡

（天氣很冷時，蓋子可以
只開一半，可以保持水溫）

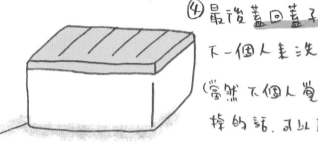

④ 最後蓋回蓋子，換
下一個人來洗

（當然下個人覺得水冷
掉的話，可以再加熱水的）

看在我們外國人眼裡，簡直是一整個不可思議！為何一家人要泡
同一缸洗澡水？簡直太不現代了～

但據大王說，這個習慣沿襲已久，打從日本以前家家戶戶還沒有
浴室的古早時代開始，那個時候大家都是去澡堂洗澡……

澡堂，日文叫做湯屋（ゆや）。

在澡堂的習慣跟現在一樣，就是先全身洗乾淨了，才進去跟大家
一起泡澡。

後來，自家有了浴室後，在澡堂洗澡的習慣
也一併留了下來，並演變至今。

而像我們外國人一直都是習慣直接淋浴，所以突然遇到全家一起
泡一缸水的狀況，還真的會不知所措。

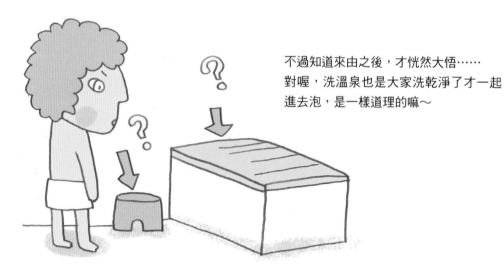

不過知道來由之後，才恍然大悟……
對喔，洗溫泉也是大家洗乾淨了才一起
進去泡，是一樣道理的嘛～

講到浴室，再追加一下，日本的浴室牆上都會有一個這樣的控制
面板。

箭頭處的小小控制面板，您知道那是什麼嗎？

上面會有數字，原來它是用來控制熱水的溫度
的，有的是直接裝在浴室內操控水溫。

就連我們貧窮的家都有簡易版的水溫操控器。

就是因為這個水溫操控器，在日本洗澡並不用像台灣一樣，得要
靠神乎其技的微妙感覺，來頻頻扭轉水龍頭調整熱水的溫度，一
不小心還可能燙到吱吱大叫。

而是悠哉的設定好喜好的溫度，然後氣定神閒的進去洗個舒服的
澡就好了……

讓在下更是深深的感受到了住在台灣和日本的大不同啊～

## 日本居之有的沒的：神奇瓦斯爐！

現代的日本房子，雖說跟台灣大同小異，但是日本的瓦斯爐，請
容許在下大喊三聲，讚讚讚！
外表看起來雖然跟台灣的沒什麼兩樣，但請看這裡～

箭頭處跟台灣常見的瓦斯爐長得不大一
樣，那是日式瓦斯爐附屬的「烤魚盤」。

烤魚盤拉出來像這樣↓

日式料理有很多是烤魚的料理，所以發展出附上烤魚盤的瓦斯爐，讓烤魚變得很輕鬆，而上方的瓦斯爐也能同時做其他的料理。

烤魚時。

烤魚盤其實就是有烤箱的功能，咱家的烤魚盤通常是用來烤這個……
是的……烤早餐的土司。一次還能塞入2片厚片土司，實在是很方便。

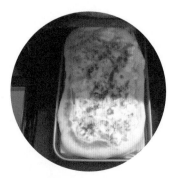

既然能烤土司，當然也可以烤披薩、做焗烤飯……等，眾多料理。

有沒有看到？烤雞翅的同時，爐上還可同時煮湯、煮馬鈴薯燉肉，三道菜可同時顧到、同時製作，非常有效率。

重點是，這烤魚盤並不是高級瓦斯爐才有的配備，像咱們家這種很基本款的住宅也都有，所以烤魚盤瓦斯爐在日本算是很平民、非常稀鬆平常的電器產品。

各位如果有機會到日本民家，不妨仔細觀察一下廚房裡有沒有便利烤魚盤喔～

## 日本居之有的沒的：為何都睡地上？

對日本居的最大印象，就是晚上日本人都會鋪床在榻榻米上睡覺，然後白天再將床收起來。

關西5天4夜之旅曾住在大阪伯母家，就是睡地上。睡地上的感覺就是很日式～然後到福井外婆家也是睡地上。福井很冷，因此外婆幫我們鋪了超多層的棉被！雖然知道日本人習慣席地而睡，……不過，這到底是為什麼呢？

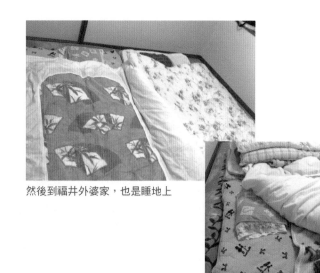

然後到福井外婆家，也是睡地上

住在大阪伯母家，就是睡地上。

經過整個下午的煩死大王、死纏爛打的追問，終於得到比較像樣的答案：
是因為「地板高度」的緣故。古早時代，日本住家的設計是室內地面較高於屋外的地面。

福井很冷，因此外婆幫我們棉被鋪了超多層的。

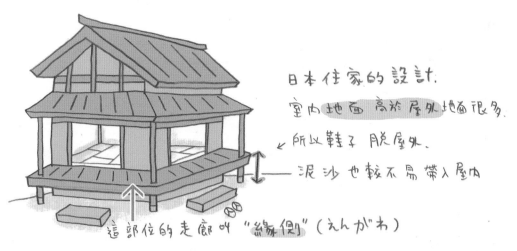

日本住家的設計。
室內地面 高於屋外地面很多。
←所以鞋子脫屋外。
泥沙也較不易帶入屋內

這部位的走廊叫 "緣側"（えんがわ）

日本的建築有個叫做「緣側」（えんがわ）的構造，除了能夠阻擋泥沙，居住者也可以在此悠閒的看書、曬太陽等等，最重要的是，能夠充分感受日劇裡常見的夏天晚上坐在此處吃西瓜的日式浪漫。

P.S.

因為室內地板很乾淨，所以在地上或坐或躺也都很舒適、衛生，也很自然的演變為日本人直接在地板上吃飯、睡覺等等的生活模式。

因為室內地板乾淨，所以直接坐地上或躺，也都很舒適衛生。

這段高度是關鍵

反觀西洋或中國的古早建築，因為室內與室外地板的高度沒有什麼段差，以前從屋外進入室內也沒有脫鞋的習慣，所以在屋內吃飯則是需要坐在椅子上（因為地板不乾淨），睡覺時則要脫掉鞋子，睡在架高的床上才乾淨衛生。

歐美

室內外地面沒有段差

中國

欧美跟中國等,都是在室内也穿着鞋

吃飯也穿鞋 →

睡覺時才脫鞋子 ↑

睡地板與正座等特殊日本文化,皆是由日本獨特的建築式樣所衍生出來的～

布団(ふとん) ↑

正座(せいざ) ↑

當然,廢話很多的在下,講到席地而睡,免不了照例要追加一下的啦～

(請您原諒在下說話就是如此的落落長,還很愛繞圈圈……)

因為日本人習慣睡地上,所以衍生出一個很特別的機關——「下拉式的電燈開關」。

日式臥房的電燈,是可以用拉繩來開關的。

(台灣有些舊式的電燈也有這種設計)

那是因為睡在地上，如果忘了關燈（或是半夜要起來上廁所等等），還要爬起來去關燈，然後再一路摸黑摸回床上，實在是太麻煩、太費事了，所以日本人就發明了這種「下拉式的電燈開關」。

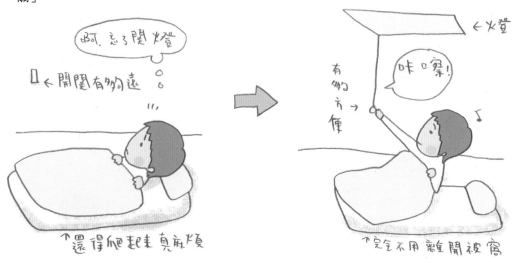

這樣睡覺前，只要躺在床上就可以關燈了。

既然有這樣的拉繩開關，日本商人自然就不會讓商機閒著，於是日本就有很多種拉繩開關上綁的各式可愛裝飾品。
像大王的老家是綁這種的：

綁龍貓。

綁香菇人偶。（日本某知名電信業的吉祥物）

以上的拉繩開關跟拉繩裝飾品，真可說是兼具功能性又美觀，真是一舉兩得啊～

## 日本居之有的沒的：丟垃圾

日本丟垃圾方法分得很細，而且依各縣市的規定不同，垃圾的分類法也不大一樣。

這裡只舉咱家（東京都新宿區）的範例來跟大家分享～

首先，要在自己住家附近繞一圈，尋找像這樣貼著的一張垃圾分類小海報，那個就是收集垃圾的地點，像這樣→

箭頭處有垃圾收集處的小海報。

近一點看小海報是這樣→

小海報上會很仔細的寫明哪一類垃圾是什麼時間丟：

紙類與乾淨塑膠類為星期五

可燃類是星期三與星期六

金屬、陶器、玻璃等不可燃類，則是每月第二與第四個星期四

（新宿區內每一區時間都不盡相同喔～）

※以上指定時間的早上8點前，要拿去收垃圾的地點放好。

早上8點以前!?不是還正睡得很香甜嗎？

難道住日本還得為了丟垃圾，早上要跟周公吵架，不能和平相處嗎？

且聽在下說明：

通常大家都有乖乖的早上8點拿去丟，但是咱們家有台客大王（比較不守規矩、我行我素），所以我們丟垃圾的時間都是指定日的前一晚半夜就拿去丟了……

半夜三點

ゴミ

通常也會有一兩隻小豬偏偏先丟…

撲黑去丟垃圾
↓

或是小的我去上班前順路去丟。

（雖說規定是8點前，但在下9點拿去丟還是勉強來得及……）

咱家樓下的垃圾收集處，早上是這樣的。大概10點多，垃圾車就會來收乾淨了。

日本的垃圾都不大會有水分，所以收集垃圾的地方通常不會太臭，也都滿乾淨的。

另外，要特別說明的是，在日本丟棄大型垃圾居然是要付費的!?像床、書桌、沙發……等通通算大型垃圾。

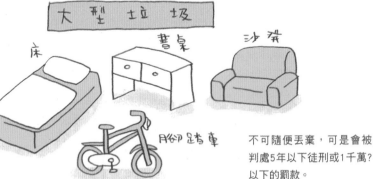

不可隨便丟棄，可是會被判處5年以下徒刑或1千萬?以下的罰款。

電視機、冷氣、冰箱、洗衣機等，在日本有家電資源法，所以是需要資源回收，不可以隨意棄置的。

在日本要丟棄大型垃圾（日本叫粗大ゴミ），是需要自己打電話請回收公司處理的，而收費大概是：

床　2000円（約台幣700元）

書桌　500円（約台幣200元）

沙發　1000円（約台幣350元）

微波爐　500円（約台幣200元）

腳踏車　500円（約台幣200元）

像大王搬過一次家，那時處理掉家具類垃圾就花了大約快4萬円。（約台幣快1萬5千元）

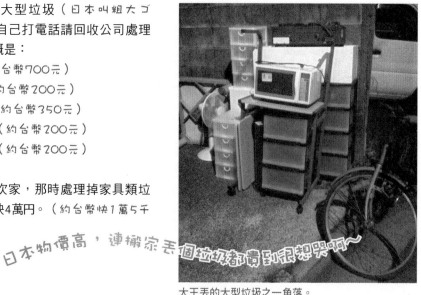

日本物價高，連搬家丟個垃圾都貴到很想哭啊～

大王丟的大型垃圾之一角落。

## 日本居之有的沒的：關於電力

在下剛到日本的第一年夏天，有個晚上……

洗好澡，正在吹頭髮

OK～

大王依舊在房裡快樂的玩電動

突然……

只見大王氣呼呼的跑去扳開總電源，然後說：

原來，在日本是有「電力限定制度」的，一旦超過了基本使用電力，就會馬上跳電。
而每個家庭所需使用的電力都不同，所以在日本，每一家都可以選擇自家要的電力費率。使用的基本電力越低，自然基本費用也越少。

例如東京的基本電力表為：

| 電流限制器，各種契約費率： | | | | | | | |
|---|---|---|---|---|---|---|---|
| 電力安培值 | 10A | 15A | 20A | 30A | 40A | 50A | 60A |
| 電力契約 | 紅色 | 桃色 | 黃色 | 綠色 | 灰色 | 茶色 | 紫色 |
| 基本費用 | 273円 | 409円半 | 546円 | 819円 | 1092円 | 1365円 | 1638円 |

電力越低，每個月負擔的電費也越低，只是不小心的
話，會常跳電，造成家電的損害也不一定……

像咱們家就是電力最低的紅色，不能同時開很多電器，所以常常
造成很多生活上的不便，例如：

正在吹冷氣

就別想吹頭髮

涼～

冷氣 ＋ 吹風機 ⇒ 跳電

105

或是，

正在烘衣服　　就別想煮飯

ご飯～
給我飯～

烘衣機 ＋ 電鍋 ⇒ 跳電

還有……

正在開吸塵器　　就別想微波任何東西吃

妳失關掉啦！

你才等下再吃啦！

吸塵器 ＋ 微波爐 ⇒ 跳電

以上各項電器，只要隨意組合、自由搭配著用，保證不會讓觀眾失望，立即上演大跳電給你看！緊接著大王又會放下手中的電玩遙控器，氣呼呼的跑去扳開總電源，還不忘來個凶神惡煞、落落長大說教，念到你耳朵都要長繭了還不罷休哩……

P.S.

以上的作業環境還要加上大王打電動，所以電視、電腦還有PS3等，是一直開著的情況喔～

# 東京除夕夜

台灣的跨年，不用多說，從摩天大樓101跟著絢爛煙火一起倒數計時，或和姐妹淘們結伴到豪華飯店開徹夜趴，再不就是到KTV搶包廂嘶吼個過癮，最最最平淡的也有摸麻將摸個通宵的過法。很自然地，小的在下到日本第一年的除夕夜，早早就暗自興奮的期待著在這個先進之國的跨年活動，會是如何過的。

12月31日（重要度相當於咱們的除夕），當天在家一直等到晚上……

妳沒有吃過蕎麦麥面吧？那我去弄來吃後！

嗯!!

期待

日本的習俗真有趣～

當年還沒露出雨路出

宅男馬腳的大王

大王說：

在日本，除夕夜要吃蕎麥麵（年越し蕎麦としこしそば），細長的蕎麥麵代表安安穩穩、活得長長久久的意思。

依據各地風俗，也各有不同的說法，但一般是入口前不能咬斷麵條，要吸著吃。

還有，跨年倒數之前就要吃掉，若沒吃完，來年的金錢運會不好……等等的傳說。

所以，在下滿懷新鮮期待
的心情，等著大王端出傳
說中的蕎麥麵。

當天吃的就是這種蕎麥麵。

泡……泡麵!?這是泡麵沒錯吧……

這也算嗎？嗯～可能是因為泡麵是在日本發明的，所以泡麵也算
數吧……不愧是先進之國，連想法都很新……（暗自佩服）

好～吃泡麵也就算了！在家看日本除夕節目也應該會挺新鮮的！
印象中，日本人在跨年夜裡應該都是看紅白歌唱大賽的。（雖然在下對日本歌曲一概不熟～）但是，我們一邊吃著晚餐，一邊看的年度日本除夕特別節目，竟然是……

汗水淋淋肌肉果
血肉模糊對打中
↓

碰嗚!!

紅白呢!?日本人不是都看
紅白過除夕夜的嗎!?
血肉模糊是要怎麼吞得下麵啦……

ファイト ファイト!!

頂呆日本的跨年
就是 拳擊+泡麵嗎??

後來，繼續在日本過了幾次除夕夜，終於對日本的過年有比較多的了解。
一般日本人的除夕大多是這樣過的：
12月31日是「大晦日」，就是除夕夜，除了回老家團圓過年，一般的上班族還是留在東京，窩在家裡，一邊看電視，一邊過除夕夜居多。（此時的東京夜晚，已經接近零度，凍都凍死了！所以除了要去神社拜拜，也滿少會出去趴趴走的）

12月31日晚上之前，可以去買「年越し蕎麦」（除夕蕎麥麵）。

通常大晦日那天，日本的拉麵店或超市到處都有賣外帶的除夕蕎麥麵，所以當天只要到街上買一碗，就可以回家晚上吃（後來才知道，像大王那樣買泡麵充數的……是不算地……）；然後在跨年倒數前要吃掉，才會有好運來。

年越そば

そば処

買好蕎麥麵，就準備鎖定要看的節目了。（通常都是連續4～6小時的特別節目，所以沒從頭看會接不下去）每年除夕夜都有固定的特別節目，就在下知道的有這幾台在大對打：

### ● NHK紅白歌合戰
（大家熟知的紅白歌唱大賽）

### ● ガキの使いやあらへんで年越しスペシャル
（搞笑藝人DownTown的特別節目，不能笑出來 24小時特別企劃系列）

一笑出來就要被猛力打屁股的極惡無厘頭搞笑節目（也是在下和大王的每年必看）。

● **格闘技の祭典Dynamite!!**
（就是K1拳擊賽）

● **奇跡体験!アンビリバボー大晦日スペシャル**
（奇蹟體驗unbelievable除夕夜特別節目）
這一台沒有研究，所以沒有圖片介紹，請諒解～

2009年喜逢哆啦A夢30週年慶，所以有〈ドラえもん大晦日スペシャル〉（哆啦A夢除夕夜特別節目）詳情請參考哆啦A夢官網。

這麼多台，通常日本人都看什麼節目過除夕夜呢？

以下是2009年的除夕夜收視率結果發表：
第一名〈紅白歌合戦〉：40.8%
第二名〈格闘技の祭典魔裟斗〉：16.7%
第三名〈不能笑出來的ガキ使〉：15.4%

其他 27.1%
紅白歌合戦 40.8%
格闘技の祭典魔裟斗 16.7%
不能笑出來的ガキ使 15.4%

所以，大部分的人還是看紅白（不愧是適合全家大小的歌唱節目），剩下的是看熱血的格鬥拳擊賽和不能笑的搞笑節目。

回想過去幾年，在下在日本，過的
除夕夜是這樣的……

## 第一個除夕夜——

不會日文，也不懂日本文化，傻呼
呼的跟著「慶菜主義」大王吃泡麵
過除夕夜……

（慶菜＝隨便）

第 1 年

おいしい？

うん！

↑
慶菜大王

↑
傻呼呼的
跟著吃泡麵

第 2 年

一邊看拳擊 的跨年

暗黑自閉中

日文
檢定 二級
文法
日文

難！
↑
難！！

## 第二個除夕夜——

剛考完第一次的日文檢定（每年的
12月舉辦日文檢定考，這一次考的
是2級檢定），被難死人的日文文法
搞得面目憔悴，自我厭惡中的暗黑
第二年，所以也沒心情過什麼除夕
夜。

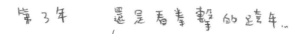

第三個除夕夜──

剛考完第二次的日文檢定（這次考天壽難的1級），同樣暗黑的除夕夜……

第4年
聽懂日文，能看搞笑節目的跨年

第四個除夕夜──

終於搞懂日文，但還不懂日本文化，所以不知道要吃蕎麥麵，反而是去買一大盒的Mister Donut，過了個不中、不洋，更不日式的除夕夜。

第五個除夕夜——

終於搞懂日文，也稍懂日本文化，知道泡麵不能充數，要吃蕎麥麵的除夕……

第六個除夕夜——

懂日文，也稍懂日本文化，也知道蕎麥麵沒有多好吃的在下，在台灣朋友的家裡過了一個台灣式的除夕夜，心裡才終於有那麼一點跨年的踏實感……

火鍋、沙茶醬、寧記麻辣醬，以及一群人圍著熱熱鬧鬧的年夜飯，才終於有除夕夜的感覺……

果然，東京的冷靜平淡除夕夜，對熱血的台灣人而言……實在是太寒冷了……（淚光）

# 來去搶福袋

來日本的第六年除夕夜，在下終於過了個像台灣人過的除夕夜！
除了一團人圍爐吃沙茶火鍋，還打電動，東扯蛋、西八卦的熱鬧
到天明，等到窗外太陽都升到半天高，才意猶未盡的搭上早班電
車回家。回到新宿車站時，熊熊瞥見路邊排滿一堆人⋯⋯
才一大早的，是怎樣？

排得大老遠的隊伍

一大早排什麼啊？

好冷 冷

很久沒熬夜
體力不支

雖然兩眼熊貓眼，還是忍不住要八婆的硬湊上前一探究竟……

←三八痣都出來了……

（星爺若缺很愛沒事窮湊熱鬧、可以缺三餐就不能沒八卦的三八婆路人角色的話，一定非在下莫屬）

難道，這就是所謂的傻人有傻福？

原來這是在排福袋的隊伍。當時在下來日本快6年，只聽過福袋，還沒勇氣去搶過。（一大早也起不來，更不用說還熬夜去跟人家排隊，應該會先冷死在路邊……）

在一夜歡樂後的回家路上，竟然讓在下撞見排福袋。（玩到忘記這天原來是1月1日的早上，此乃各大百貨搶福袋開張之大吉日也～）

那當然要依照老天善意的安排，去跟人家排隊搶福袋囉！

（是的，絕對是老天的安排，這是命運！絕對跟在下亂敗家、刷卡剪卡，又刷卡、又再剪卡的惡性循環沒有任何關係的！）

排了落落長的隊伍，走好久才走
到隊伍尾巴。二話不說，馬上卡
位先啊～～←好個歐巴桑精神

然後等了約45分鐘（百貨公司11
點開始）……終於，開門啦！

搶啊啊～

戰場↓

接著就是在一陣混亂中廝殺奮戰……

一陣廝殺過後，提著兩大袋各1
萬円的福袋，揉揉因一夜沒睡而
惺忪的雙眼，提著漸漸沉重的腳
步，心裡想著，錢包也快乾了，
還是趕快回家吧！（而且這是第
一次買福袋，也不知道裡面到
底是不是好貨，還是就此打住
吧！）

嗯，搶了二大袋，
也該收手了

還一堆在搶的

畢竟還沒
看過內容啊～
（不擔心）

打道回府中

117

想著想著，突然人群中出現個店員大喊……

本店最後一個福袋
要買要快喔!!
最後一個!!

!!
最後一個?!
最後一個!!
最後一個～

我!!
我要我要!!

快給我!!

搶啊～

衝
衝
衝

就是會有上鉤的魚……

……是的，就是敵不過那句「最後一個」，以及旁邊
伺機而動的敵手，忍不住就跨上前去，非得將那「最
後一個」搶到手才能心安……

就這樣，一口氣買了三個福袋，都快提不動了。

1萬円福袋2個，以及5千円福袋一個。
（回到家都下午1點了，趕快梳洗，就這樣
睡掉新年新希望的元旦……）

福袋內容大揭曉：

最滿意！

重點的外套，後來只好送給朋友，不是我的菜，……泣

……嗎，只有外套喜歡，其他都還好

| 第一個福袋 | 第二個福袋 | 第三個福袋 |
|---|---|---|
| （黑色笑臉那個） | （中間灰色那個） | （最後忍不住搶下來的那個） |
| 1萬円 | 1萬円 | 5千円 |
| 外套2件 | 外套1件 | 外套1件 |
| 上衣5件 | 上衣4件 | 上衣2件 |
| 連身裙1件 | | 洋裝1件 |
| 內搭褲1件 | | 圍巾1條 |

即使在匆忙搶購之中，在下還是不忘拍照～～

整家百貨公司，每個專櫃
都推出了福袋！
福袋！！福袋！！！

←每家的袋子都各有特色，這家的豹
紋福袋很可愛吧！（那時錢包已乾，
只能乾望～）

打算回家時，走到百貨公司門口，發現有幾位也是搶福袋的人
士圍在路旁，在做什麼呢？

←原來是忍不住想
看內容，就直接在
路旁打開來看了。

後來再走近一點，才發現是講國語，原來是台灣同胞啊……
嗯……不愧是咱們台灣人……夠直爽，就是要馬上打開來瞧仔
細，讚！

隔天打開新聞一看，電視台都紛紛報導了百貨搶購福袋的盛況。

（翻拍自日本電視台新聞畫面。）

不例外的，也報導了為了搶福袋而提前一晚在街頭排隊的人群。

夜晚的東京街頭可真的會冷死人的，這位女生很聰明，有帶小被被保暖。

百貨公司一開門，就是「搶！搶！！搶！！！」

另外，不只百貨業，在日本過年期間，幾乎各種店面都會紛紛推出各式各樣的福袋來吸引消費者。

像無印良品會推出很貼心的「透明包裝福袋」，讓人可以很安心不會買到地雷。

還有超市等，也會推出「食品福袋」。因為低價位可以買到超高級食材，所以每年都非常搶手。像這種「北海道螃蟹福袋」，每年都很熱門。

最後，是大王也會跳著跑去買的「電玩福袋」。
通常是一台主機搭配幾款隨機放入的遊戲片。

如果各位有在過年期間到日本，可以到處逛一下，也許可以搜括到各式各樣的福袋乁！

接著說：

## 搶福袋心得

1. 事前要做好功課，才不會買了這家、望那家。（在下就是沒做到功課呀～後來看了相關網頁才咬牙切齒哩～～）
2. 就算懶得做功課，到了搶福袋現場，至少要先瀏覽一下那家店所擺出來的衣服風格，若大部分都滿喜歡的，那福袋的內容也相差不遠了。（在下的前兩個福袋就是如此，內容還頗令人滿意的！）
3. 最重要的，記得要冷靜，該收手時就要收手，才不會傷了荷包，結果亂買一通。（就像在下最後那一包……唉～果然內容滿令人失望低～）

今年沒買到的朋友也別灰心，明年一起來搶福袋吧！！！
這次買福袋時，遇到很多台灣和香港來的人，可見日本福袋真的很熱門哪！

迎向明年再戰！

最後最後，再讓我靠腰一下……（遇到敗家相關，就熱血到停不下來）

流口水啊啊啊！

只能遠看的是這幾個福袋：

愛馬仕
100萬円福袋

香奈兒
50萬円福袋

LV
10萬円福袋

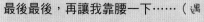

# 大家來拜拜！

日本的過年，除了除夕夜要吃蕎麥麵，還有一項很重要的傳統活動，那就是「初詣」（はつもうで，元旦時到神社的第一次參拜）。

通常在元旦的1月1日～1月3日之間要去拜初詣，不過只要是在1月內去拜，其實也都沒關係。

有趣的是，因為日本的神社大大小小數百間，參拜方式也百百種，連日本人自己也常被搞得頭昏眼花！所以日本過年前，一些雜誌、節目會整理出最普及的參拜方式，給日本人新年初詣時作參考。

在下在此寄人籬下，吃裡扒外，喔，不是！是身為台灣人，看到好康的，當然要趕快介紹給自己人。

雖然日本的新年是在1月1日～1月5日之間，不過日本神社一年之中都是可以去參拜的。所以若大家有機會到日本觀光，也不妨依照以下步驟來參拜神社。

神 社 參 拜 順 序 図 解：

首先，簡單講解一下神社的基本構造：
進入神社之前，會先
經過「鳥居」──入口，
再進入「手水舍」──洗手的地方，
然後經過「參道」──參拜的道路，
接著要「お賽錢」──投錢許願，
最後進行「礼拝」──拜拜的儀式。
（依各家神社不同，排列順序會有點不同）

入口

とりい
鳥居 （神社的入口）

てみずや
手水舍 （拜拜前，洗手的地方）

さんどう
參道 （參拜的道路）

さいせん
お賽錢 （拜拜時，奉上錢的地方）

らいはい
礼拝 （參拜的方式）

・おみくじ
売り場
・お守り

（賣守護符跟抽運勢籤的地方）

お守り
（守護符）

← おみくじ
（運勢籤）

經過這幾個點時，需要注意些什麼嗎？
嗯嗯～要注意的可多了……

（淚～不愧是細心的日本人，禮儀霹靂多）

## 1.鳥居

進入鳥居，代表進入神聖的領域，所以跨入鳥居之後，比較不好再大聲嬉鬧，要莊嚴一點。

怕圖片不夠清楚，再補張照片來輔助說明～鳥居通常是紅色的，但也有木頭色或其他的顏色。這張照片是東京千代田區的「神田神社」，這裡的鳥居就不是紅色，而是淡綠色的。

先說明一下「鳥居」。
鳥居是什麼？而鳥居跟神社又有什麼關係呢？為什麼神社的入口都會有鳥居呢？
其來源之一說為：
在久遠的日本傳統故事裡，有位代表太陽照亮世界萬物的尊貴天神
——「天照大神」。

代表太陽，負責光明，以及維持世界萬物規則運行的天照大神。

代表從這裡開始為神聖的場所。

鳥居

↓

神社
↓

敬意 敬意

天神啊，小的畫得不好，請見諒啊～

天照大神

有天，天照大神為了純真但粗暴的弟弟「須佐之男命」做出非常多的暴行而感到悲傷不已，因而躲進天岩戶的洞穴裡，不願意出現，世界萬物因此失去光明，陷入一片暗黑，農作物也都枯死，萬物也失去應有的規則秩序。

↑悲傷的天照大神 躲進"天岩戶"
世界從此陷入黑暗

其他的天神們為此想出了一個辦法，找來在黑暗中也會啼叫的「長鳴鳥」（據說就是早上會啼叫的雞），將牠放置在天岩戶前啼叫，並伴隨其他難得一見的歌唱舞蹈，藉以成功引出天照大神走出洞穴，再度賜與大地光明與應有的秩序。

←後來的鳥居

↑以 歌唱舞蹈 及 長鳴鳥 的叫聲
來引出 天照 大神

而傳說中當時讓長鳴鳥站的木架就演變成
現在的鳥居（神鳥站著的地方），也就變
成了神社的象徵。

現在的日本地圖上，代表神社的地方也都
是以鳥居的符號來表示。

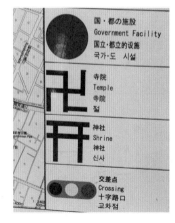

←鳥居符號

## 2.手水舍

跟我們到廟裡拜拜前要先將手洗乾淨一樣，在日本拜拜前也要洗
手，以下是在日本神社洗手時的細節。（在下也是看到雜誌和電
視的介紹才終於搞清楚）

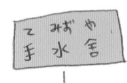

てみずや
手水舍

↓

拜拜前，將手洗
乾淨的地方。

127

以下為洗手順序圖：

① 舀一杓子的水

（接下來的動作,最好用這一杓水
就可以完成）

② 左右手都洗一下

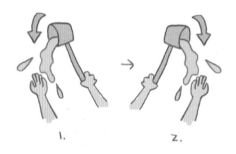

1.　　　　　　　　2.

步驟的確很多吧！連日本人都不一
定能做得很仔細。（尤其是最後沖
洗把手的部分～）

③ 然後將水倒到左手掌中,
漱一下口

才千萬別直接把杓子就當
漱口杯喔～

NO!! ✗

不礼貌,
更不衛生喔～

④ 最後單手握杓子,用最後
剩下的水將把手也沖一下

⑤ 然後將杓子口朝下
輕輕放回原處

完成！

## 3. 參道

洗好手，繼續要走到本殿，這時走的道路叫「参道」，也就是參拜的道路，此時只須注意不要走在正中間，擋住神明的通路就好。

傳說 參道的正中間
是神明的通路.
所以 禮貌上. 不要走在
正中間

參道

↑ 正
中
間
↓

走邊邊

然後終於可以拜拜了，排隊去參拜。

拜拜許願前.
奉上錢的地方

## 4. お賽銭

拜拜時要先投錢，叫做「お賽銭」。

至於要投多少錢呢？

一般都是隨意，所以從幾十円、幾百円到上千円都有。有些人會投5円、50円（取諧音「ご緣」的意思），也有投45円或2951円（代表「始終ご緣」和「福ご緣」，好福氣的意思）。

5円　　　　　45円　　　　　2951円

ご　緣（好緣份）　　始終ご緣（始終好緣）　　福来い（福氣來）

## 5.礼拜

投好錢，就要來拜拜許願啦！台灣是點香許願，然後插香，日本則整個不一樣，不但沒有香爐（除了某些神社有，大多數都沒有燒香的習俗），拜拜的步驟也跟台灣完全不一樣。在下看得一整個霧煞煞……

日本一般拜拜的順序如下：

❶投お賽錢；
❷搖鈴（有的神社沒有鈴，就直接跳過這個步驟）；
❸鞠躬2次，拍手2次，然後合掌一拜，最後再一鞠躬。

看完有沒有整個很混亂？是不是光看就口吐白沫，大喊你殺了我好啦！哪來這麼多有的沒的步驟！

是滴，在下光是寫這篇就已經翻了好幾次桌。

（整個細節很多，又想解釋清楚一點，搞得火很大、重畫了好幾次……）

好，現在就讓在下心平氣和的來為大家好好解釋一下，拜拜的
步驟啦～

嗯～洗好手了.
奉錢要投 45円～
然後要二拍二拜...然後捏??

お賽錢

神聖的場所.腦中淨是雜事....

❶投お賽錢。（是奉獻給神明
的，所以要有誠意的投入，
不是大力丟乙～）

投完錢是
鞠躬二次...

一同拜的日本路人

❷鞠躬2次。

然後
拍手二次...

咱
咱!!

咱
咱!!

咱
咱!!

❸拍手2次。（引起神明注意）

131

❹合掌祈願。

然後許願…
(跟神明講中文行不行啊…)

雜念→

↑腦中淨是
雜事的愚民…

在下就是太在意步驟，搞得當天參拜時
是這樣的——
洗好手，排隊參拜，然後投お賽錢……

❺許完願後，再度深深一鞠躬，然
後就可以閃邊，讓後面的人拜。

最後…
嗯？是鞠躬還拍手啊？！

拍…拍手吧？！

啪！！

勇逛一頭霧水的日本人…

←答案是鞠躬…

……是低，一整片肅靜中，就傳來一聲響亮的
「啪」，此時在下也只能故作鎮定、滿臉通紅地下
台一鞠躬，然後迅速閃遠，消失在人群之中。

這麼繁複，即使搞懂了，也不見得就能做得正確。因為太在意
步驟而失去了單純參拜的心意，就有點本末倒置了。所以大家
看看就好，能記起來就照做，不用太刻意沒關係，誠心才是最
重要滴～

P.S.

跟神明講中文，行不行啊！？
我猜答案是應該可以啦，神明不分國界嘛……
（諸神明，請不要跟小的計較啊～）

132

# 超夯神社周邊商品 護身符

複雜的參拜許願結束後，就可以到有賣神社護身符和抽籤的地方瞎拼啦～

還有這種保佑戀愛的護身符，真是可愛><

哇哈～ 好多種類
好可愛啊♥♥♥

不是會死
症頭發作 ←

馬上掏錢

日本神社光是護身符就有好多種類，依功能來分，大致有：健康守り、交通安全、厄除開運、勝守、學業成就、合格祈願、安產、疫病鎮壓、家內安全等等。

幾年前，到日本觀光，見到種類如此繁多的護身符時，當下就忍不住的守在賣店前給它很久很久，非常專注的依種類挑選著……

除了護身符，另外也會看到這種叫做「繪馬」的五角形木板。

到神社許願（或還願）時，只要把願望寫在繪馬上，然後綁在神
社內繪馬專用的地方， 就完成了許願的步驟。

綁繪馬的地方。

這些繪馬很特別吧！看起來是一群同人誌畫家的傑作。

寫到這裡，特別問了一下隔壁
的同事益田小姐，幾年前在下
來日本遊玩時，誤以為繪馬也
可以當護身符用，於是買回台
灣當土產，掛在家中的門上了
……怎麼辦？益田小妞很溫柔
的忍住笑說：「那……那就當
擺飾用也可以啦……」

N年前……

除了買買護身符和繪馬，另外還可以去抽籤，看看自己的運勢如何。

（一般的日本神社一年中都可以抽籤，不跟新年期間才有，所以如果大家有機會到日本遊玩，在下建議可以去神社抽個籤，求個好運喔～）

抽籤方法：
到神社，找一個上面寫著「おみくじ」的小桶，就是抽籤的地方。

像這樣→
照片中黑黑的角柱筒，就是抽籤筒

付錢給巫女後，就一邊想著要問的事情，一邊拿起角筒，左搖搖、右搖搖，最後小心地把籤倒出一支來，拿給巫女，她就會照著抽中的籤，將寫著籤文的紙條交給你。

抽完籤自然就會有幾家歡樂幾家愁的場面啦！有的人抽到「大吉」、「中吉」就春風滿面，有的人就沉重地看著自己的「大凶」紙條，默默不發一語……
不過抽到「凶」的同學，先別大哭，這裡是神社咩，總是有化解方法的～

像這樣↑

……來，請大家看一下神社內，一定會有一個（或幾個）綁滿紙籤的地方，然後將大凶紙條用左手綁在那裡。（若你是左撇子的話，就用右手。總之，就是使用原本不順的那隻手，雙手都很順的人……就用腳……喔，不是，反正就用比較不順的那隻手就對啦～）

將籤綁在神社，代表使用不順的手也能跨越困難，使凶轉吉，化解掉凶籤的意思。（要注意，有的神社因為綁的籤太多了，規定只有大凶才能綁喔～）

另外，綁籤還有一種說法是關於戀愛求到的籤，將它綁在神社，有「結緣」的涵義，祈求好緣分來到。（難怪神社籤滿為患啊！）

137

## 護身符不用多，一個將將好

在下準備這一篇的資料時，跟公司同事們借看護身符當作參考⋯⋯

↓日本同事森居小姐跟太田小姐

看同事們的護身符都很樸素，在下很驕傲
的拿出自己的護身符來⋯⋯

當場森居和太田都面色凝重的跟我說：「這樣是不好的，一般只帶一個護身符就好，而且不
同神社的護身符一起佩帶，醬神明會吵架，是不好的⋯⋯」
（人家還想說有掛有保庇，多帶多保庇的說⋯⋯淚～萬能的天神，請原諒小女子的無知
啊！）

所以啊，雖然護身符種類繁多，又很可愛，但一年只要買一
個最想加強的項目的護身符就好。

至於舊的護身符要如何處置呢？就是要帶去神社「燒納」
（神社會舉行燒納儀式，將護身符處理掉）。到神社，找一
個有寫「古神礼納所」的地方，將舊的護身符投入就好。不
限定要拿回原來的神社，也可以託人帶回去燒納，心誠則
靈，善哉善哉～

# 抹茶初體驗

話說今年難得的跟大王決定來了首次兩人小旅行。

（在下到日本已經快8年了，卻一次都沒有離開東京去旅行過……主要原因，除了大王的很宅、很摳，在下的懶死人不償命的功力也不是蓋的！於是這幾年除了回大王廣島的老家外，也就這麼的都沒離開東京過了……）

很宅的宅大王
可以在家玩整天

很懶的懶人婆
可以在家滾整天

自在 → ← 快樂

我滾～

假日可以宅在家很快樂的兩人…

這次，趁著兩人的工作假期許可，終於決定要去「關西旅行」（關西指的是日本的京都、大阪、神戶等的近畿區域；我們是去大阪跟京都）就在關西旅行的第二天，我們一早到京都的「伏見稻荷」神社去參拜。

走上山累翻了@@

花了兩個小時

為的就是去看美得很迷幻的鳥居隧道。

然後呢，看到有間喝抹茶與甜酒的小店，終於大王也腳痠了，謝主隆恩，誠惶誠恐的進去喝茶小歇一下。

這次大王難得大發慈悲的點了兩份，一人一份的傳統抹茶跟甜酒。

好讚的茶店啊啊啊～

好沒真實感啊！誰來打我一巴掌，啊啊啊～啊嘶啊哈～

上面的是日本傳統甜酒（熱熱喝，甜甜的捏！）配一杯爽口的茶。
下面的是現場做的抹茶（意外的不苦耶！好喝！）跟日式點心。

因為是第一次體驗喝傳統抹茶，想起以前日劇裡，好像喝傳統抹茶的時候，拿的姿勢跟喝法都有一定的規則～

問你喔，這個要怎麼拿，怎麼喝呀？

興奮

啊？就拿起來喝啊

我記得喝抹茶有規矩的捏～

生平第一次喝抹茶與甜酒

140

大王拿起抹茶碗就要示範喝法，在下心中真是充滿期待，終於
～終於～要來體驗喝抹茶了，好日本啊～
（住東京快8年了，只會宅，都沒有這樣體驗日本啊～）

然後大王說：

就…就這樣喝啊…

大根天…

手起來就大口喝…

呼攏我的…絕對…

好……好……我忘了你是日本人，卻有台灣
魂……很會呼攏了事就對了……，問到你，
是我的錯……

所謂靠山山倒，靠人人跑。回東京後，「姑狗」了一下傳統抹茶
的喝法。（靠自己比較好……拭淚……）

喝傳統抹茶時，首先要記住的是，幾乎都是
需要用雙手捧著，而不是單手拿（會沒禮
貌），以下為「簡單版本」的抹茶喝法：
（還有更標準的喝法，但步驟太繁複了，
基本的喝法大概知道一下，至少不會很失禮
就可以了～）

步驟一

**步驟一**
以兩手將抹茶移到自己的面
前，然後兩手放在膝前的地
面，對著抹茶微微點頭一次
（代表感謝做了這杯茶的主
人之意）。

**步驟二**

步驟二.

失禮好

1.兩手將抹茶碗捧起至胸前，
　以左手捧茶碗下方。

右手抹茶石碗.
順時針轉一次

然後順時針再轉一次。

2.右手將茶碗順時針方向轉兩
　次，目的是將茶碗的正面轉
　回自己的正前方。

如何轉兩次呢？

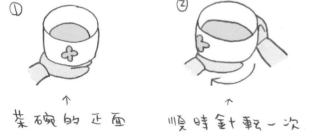

① 茶碗的正面
　是向著自己.

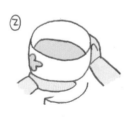

② 順時針轉一次
　正面轉到側面

正面 ↓
③ 順時針再轉一次.
　正面的花轉到正前方.

真是麻煩～

為何要轉兩次呢？
因為在日本茶道裡，端茶給客人時，主人會將茶碗的正面面向
客人。

請用

← 正面

讓客人可以看到茶石宛的正面. 表示敬意

（後～再度驚覺在下的醜字，好沒敬意啊～><）

而客人則是將茶石宛轉回正面向大家. 表示回謝主人的敬意 所以轉回正面向大家

簡單講，就是表示謙卑之意（真不知我如何那麼會廢話，還寫了兩次><）。

**步驟三**
然後開始喝，小小口慢慢品嘗抹茶。

**步驟四**
喝完後，用右手的大拇指和食指將喝過的地方拂拭一下。

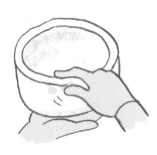

**步驟五**

右手將茶碗逆時針轉兩次（將茶杯轉回背面向前），也就是再度把茶碗的正面轉向自己，讓茶碗的方向歸回原位。

步驟五．

右手扶茶石宛，
逆時針轉二次
（轉回正面）

**步驟六**

兩手將茶碗放回地上，然後兩手放地面，觀摩茶碗一下（代表再度欣賞茶杯的美，以及為客的滿足之意）。

步驟六，

喝茶的簡易版都可以分七個步驟，真的是很講究……
再回到當時在抹茶店，還不知道喝茶的步驟，被大王亂教隨便喝的當下……

在這麼有fu的茶店，卻一直死盯著他的電子玩具的阿宅大王
（冒著生命危險偷拍）

茶碗亂拿一通，大口大口喝還偷瞄鏡頭的死觀光客～

殺死外國人的
外來語

在下住日本多年，日文從五十音不認識半音，一直到現在可以開
會做報告（苦命啊～）的程度，朋友問我說……那你覺得學日文
難不難啊？

就難易度而言，在下覺得日文學習，可以分為兩塊區域：

一塊是倒吃甘蔗區，就是有平假名＋漢字的「普通標準日語」區
域。這一塊，基本上，只要學好發音、背好文法之後，越學到高
階班就會有越多漢字出現（日文裡的漢字跟中文大同小異，會中
文的人就佔了很大的優勢），所以越學到後面，會覺得越來越簡
單，有倒吃甘蔗越來越甜的感覺。（只要撐得過令人想拿把刀捅
死自己先的氣死人文法的話……）

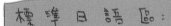

標準日語區：

初級班 的例：

あいうえお

（初級班 學平假名）

中級班 的例：

ねんまつねんし
年末年始

（中級班 學平假名
＋漢字）

高級班 的例：

源泉徵收制度

勞働基準督署長

（高級班 學筆畫很多的漢字）

後，這裏就輕鬆多了…

至於另一塊，在下個人認為，完全是外星語區域，這區域跟懂不懂日文、有沒有認真念書，完全無關，全要看個人有沒有外星語天分來的……（很遺憾，在下就沒有這該死的天分……）

這區域叫做「外來語」。
學過日文的朋友現在應該是點頭如搗蒜吧！（有外星語天分的朋友除外……）
沒學過日文的朋友可能會說：「講得落落長，妳是在講什麼五四三啦？」（～麥生氣，現在就來簡單解釋……）

先簡單講一下，所謂「外來語」就是外國來的語言，中文裡的外來語就是像「麥克·傑克遜」，或是GUCCI翻成的「古馳」等等，這種毫無任何規則可循、翻音不翻義的詞語，今天高興翻成「古馳」，明天又翻成「古奇」，完全照翻譯時的心情而定，而字體本身沒有任何意義的語言，就是外來語。（這樣說來，對學中文的外國人，中文裡的外來語應該也是個殺人武器，學起來很痛苦囉……等下來問問大王……）

日文裡的外來語也是這樣，毫無任何規則可循。
更慘的是，日文裡沒有的音太多了，所以很多都翻不出來，只好硬湊合，湊著湊著就離原來的音越來越遠，令人很難跟原文聯想起來……

外國來的－外來語區：

英語

HELLO!

← 原本沒有的外國語言。
流傳到日本島

妳們

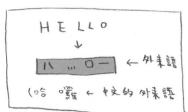

然後為了讓國民好讀。
於是將外文翻成片假名，
這就叫作「外來語」

HELLO
↓
ハ ッ ロー ← 外來語
（哈 囉 ← 中文的外來語

146

請看看以下實際發生的例子：
想當年還在念語言學校時，某天上會話課，老師問說：

看著老師疑惑的臉，而且我也不確定這名字對不對，就乾脆畫給老師看。

147

老師說出「抖拉公嗯伯—魯」這外星語時，因為實在是聽不懂，忍不住還「蛤？」了三次。

P.S.

「蛤？」在台語裡是很普通的疑問用語，但在日本是用在非常不客氣、很生氣的時候。

在日本「蛤？」＝「三小!?」

所以啊，當時聽在日本老師耳裡就變成醬：

「ドラゴンボール」だ！

蛤？
三小？

ドラゴ… 蛤？
抖拉公…三小？

蛤？なにそれ？
你說三小拉？

人家不是故意的啊，「賢謝～」
（「老師」的日文發音）
後來，幸好溫柔又有耐心的山口老師把外星文寫給在下看，才解開疑惑，原來是這樣翻的：

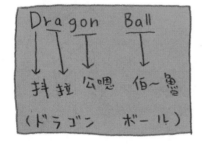

Dragon Ball
↓ ↓ ↓ ↓
抖拉 公嗯 伯～魯
（ドラゴン ボール）

↑
不自覺的対老師不禮貌
到極點…><…

哇靠！是怎樣翻可以把英文唸成這樣……磕頭敬佩啊……
我那怎樣都可以把英文唸成台灣國語的最強阿母，應該會超級無師自通的……

在這裡舉出幾個日本的外來語例子，大概就可以知道在下說的
毫無規則可循的外來語是什麼意思了……（淚～）

- 麥當勞 ＝ マクドナルド

  （馬酷（兒）那魯（兒）） … 鬼知道要怎麼唸…

- 變形金剛 ＝ Transformers
  ＝ トランスフォーマー

  （頭狼嗯斯佛馬～）…Trans 可以唸成

  "頭狼嗯斯"…

  我真是摸不透你啊～

- 鄉村 ＝ Country
  ＝ カントリー

  （康頭力）… 不愧為七大武器之首！
  … 我輸了…

依照這樣的唸法，出個問題考考大家，請猜猜
ドイツ（抖以己）是哪個國家名？（個人一直
以為是土耳其之類的……）
答案是……日文外來語──德國！
後！在下英文再怎麼爛，好歹也知道德國是
Germany，再怎麼唸也該是「傑麼泥」之類的
吧？
當初跟大王看德國紀錄片，看到完還一直以為
是在講土耳其，真是蠢蛋一枚哪……

149

照理說，「德國」的外來語不也就像《七龍珠》一樣，把英文唸成台灣國語，就八九不離十了嗎？

（嘖嘖嘖～這就是為何外來語一直名列學日語致命武器之首的原因，確實是讓人猜不透、摸不著啊）

原來啊，「德國」的外來語來源不是英文的Germany，而是使用荷蘭語的Duits，所以日語要唸成「ドイツ」（抖以己）……
真的是X的算你行！（豎起大拇指）)
外來語還可以變幻無常，來個荷蘭等歐洲聯合國語言……

（會八國語言的話，老娘幹嘛不去當爽外交官，有黑頭車接送，每天翹腳蓋印章就可以領錢，然後還可以用鼻孔看人啊。以上是個人想像的外交官啦～不知道是不是這麼爽來的……）

荷蘭，大家猜猜要怎麼唸呢？不是「Holland」，而是オランダ（奧蘭嗯大）。在下原以為是澳洲之類的，結果是……荷蘭!!!後～實在是太黯然、太無言、太讓人摸不透了～～～

就因為醬，後來即使語言學校畢業，考完日語檢定，也順利進入日本公司就職，在下的外星語，喔～不是！是外來語，還是停留在人神共怒的階段……

一天，跟日本同事閒聊，聊到喜歡的電影演員……

你喜歡的女演員是誰？

人家喜歡性感又有氣質的"斯嘉麗·約翰遜"

斯... 斯...

嗯...

不能說中文、也不會英文，更不知道日文翻成什麼來的…

只好含著淚 邊心談出：

"···パリス·ヒルトン···"

我喜歡「趴里斯·希魯透嗯」

啊···是喔···

咦～

因為這個人的中文譯名「芭黎斯·希爾頓」跟日文的外來語最相近、最好記······（掩面淚奔～）

······更慘得是，這種心酸、這種苦情委屈······只有外國人能體會！對日本人來說，外來語跟普通語言一樣，都是生活中原本就有的，一點都不覺得有什麼分別。

（就像我們對於「麥克·傑克遜」也從來不覺得那是外來語，一樣的道理）

所以，在下在工作上常有這樣的情況發生：

閱讀信件、回信、寫心得、做研究報告都可以順暢無礙（因為文章裡大部分都是漢字，而且越是難的文章，就會使用越多漢字），看起來好像很厲害······其實都是中文母語來的······

但是只要出現外來語，就會陷入兩眼發直、四肢僵硬的腦殘狀態，搞得周圍的日本人同事也摸不著頭緒，不懂我在不懂什麼······

就像醬的狀況：

**寫報告書中······**

哇賽，這麼難的字 妳都會喔！日文很好耶～

好厲害！

心虛～

沒···沒有啦～

現段階··· 執行···

啊啊就中文啊～ 不會曬得了～

**然後，開會中……**

所以…在「趴蹬空」要設定好「吃一塌～」
不要忘記設「鼻～普」喔！

老大～你是在講三小…
那是日文嗎？？？

半個字都聽不懂

咦？連這也不會？
怎日文一下很好，一下又很爛呢？

後來查明那天的外來語是在講這個啊：

「趴搜空」＝PC 電腦

「吃一塌～」＝Twitter

「鼻～普」＝V.I.P.

太沒規章可循所以一頭霧水後～

在下來說明一下：
趴搜空＝Personal Computer＝パーソナルコンピュータ＝個人用電腦（就是PC）
Personal Computer本來應該念成「趴搜那魯空嗯撲塔」，因為太長不好念，所以大家自我發明，把它簡短化，所以外星語「趴搜空」就這麼誕生了……
然後，現在日本大紅中的Twitter（ツイッター），因為日文發音裡沒有這個唸法，只好東湊西湊，就變成「吃一塌～」了……
最後的VIP，也不知是什麼緣故，好好的VIP到了日本，就把它合在一起唸，變成了[ vip ]！但是日文並沒有「V」這個發音，只好湊合唸成「鼻」，於是VIP 也就變身成「鼻～普」了……

所以說，好你個外來語！

外來語的奧妙之處，就在於它是如此的變幻無常、難以摸清，搞得學日文的人一個個陣亡倒地不起，還可以坐著它來隱藏殺機，就算被警察抓了也告不了你。

外來語不只是在工作上令在下抓狂，在生活上也帶來很多困擾。

舉例來說：
有一次，跟大王約在新宿見面，時間到了，卻遲遲未見大王這渾蛋出現。就在這時候，電話忽然響起：

其實，是這樣的：

就說在"蓋波"了嘛!!

那是口那!!!
說好在"架譜"啊!!

=3

兩人都到很久了...
因外來語溝通不...
吵架中...

……兩個都使用自己的外來語來唸「gap」，就會發生這種蠢事。

（兩人明明都到很久了，還是找不到對方，就只是因為外來語溝通不良……Orz）

好好的一個「gap」變成外來語之後，果真殺得外國人死的不明不白，頻頻倒地，磕頭認輸。

最後，那中文裡的外來語，對學中文的人而言，也是這麼難以理解嗎？
好奇之下，寫下「麥克‧傑克遜」，然後跟大王說這是Michael Jackson，只見他……

哇哈哈哈～
什麼傑克遜啦～
你才遜啦～
哇哈哈～好好笑～

被大王笑不止

麥克傑克遜

這麼好笑喔…

所以啊……結論是：
光我這樣說日文外來語遜到不行，還真是不公平；原來外國人看我們翻的外來語也是有看沒有懂低～
（被大王笑得很慘，決定以後不要隨便笑人家日本的外來語……認真反省中>< ……）

# 好個
# 「沙必思」精神……

到過日本的朋友應該都知道，日本的「沙必思」（サービス＝服務）實在是貼心到不能再貼心，完善到不能再完善，完全以客為尊，客人是神，是太后、天皇，客人說的話絕對是聖旨、是天理！（真的一點都不誇張～）

為什麼「沙必思精神」如此的令人直豎大拇指呢？

除了民族性之外，還有一個很重要的原因，就是職場訓練來的～

日本職場對於對客人的沙必思（日本叫『接客せっきゃく』……A枓……不是我們的風月場所裡「阿花～接客喔！」的「接客」的意思喔～～）都是嚴格訓練，極為注重的。

隨便到書店晃晃，隨處可見關於接客（沙必思）服務、沙必思基本禮儀等等的教科書，琳琅滿目一整排都是。

日本 關於 沙必思的書籍，隨便都一大堆：

←——（沙必思）手冊

← 正確的（沙必思）

↑ （沙必思）的 5 大原則

這又是日本文化的另一大特色──販賣＝沙必思。

販賣的不只是商品，還有沙必思，這兩項是切不開的。

（或者應該說，從來就沒有將這兩項分開的概念……）

甚至還有定期舉行沙必思禮儀的專門檢定考，內容為～

接客サービスマナー検定

科目：① 基礎問題（敬語、電話の対応）
　　　② ビジネスマナー
　　　③ 外国人のお客様への対応
　　　④ シチュエーション問題
　　　⑤ サービス全般

（沙必思）檢定考

項目：① 基本問題（敬語、電話禮儀）
　　　② 商業禮儀
　　　③ 對外國客人的應對
　　　④ 各種情境問題
　　　⑤ 服務（沙必思）全面問題

除了沙必思的觀念很徹底之外，日常生活中也實行得很透徹。
在下的實際體驗就像這樣：
只是逛逛街，去店裡買件衣服，店員結完帳會一路感謝，一路
畢恭畢敬的鞠躬送你到店門口……

有一次，跟大王去買手錶（還沒結帳喔～），只是跟店員說要
試戴時，居然……

除了沙必思態度貼心、親切到讓人沒話說外，「客人說的話永
遠是天理」這一點也很讓人佩服。
有一次，在下早上進公司前，去便利商店買飲料和中午要吃的
便當……

所以，自然地，我中午才要吃的豬排飯就醬被放進微波爐加熱了～（一早就熱好豬排飯，等一下是怎麼辦？）
等到豬排飯快加熱結束，我才熊熊想起來，啊～慘了，應該要說不用加熱的啊～，才趕緊跟店員說：

哪呵～ 不好意思～ 我的豬排飯不要加熱…

咦!? 啊!是!

急忙將豬排飯
← 拿出來

在下心裡已經做好要帶著熱騰騰的豬排飯進公司，再偷偷給它放涼，然後只能暗暗祈禱豬排飯不要壞掉的覺悟時……
只見店員急忙的賠罪道歉（真的就是一直跟我道歉呀～～），
接著，跑到便當區帶回一個全新豬排飯說：

真的很不好意思，讓您換上新的商品

/請見諒!

咦!!!

← 完全是我的錯誤…

日本的沙必思…
也太令人感心了吧…

金拍寫…

在下一邊感謝，一邊心裡萬分愧疚的想著……
那熱過的豬排飯的錢……不會是被扣工錢吧？真是拍寫～～
然後帶著豬排飯，淚流滿面（好啦，我誇張，但有心中暖暖的）的離開現場……

接下來，看看咱們可愛的台灣沙必思又是如何～～

台灣商店的沙必思不會跟你九十度鞠躬敬禮，也不會只買了三
雙襪就一路微笑送你出店門口，而且通常問店員東西在哪，也
只會叫你自己去拿的簡潔沙必思……

台灣沙必思－常見篇：

請問有沒有 OK蹦？

有，在後面左轉第二排架子的
倒數第6個 木櫃子的上面
那裏～

←找的到
才有鬼…

老實說，在下移居日本之前，
都很習慣這樣的沙必思了，現
在回想起來，倒是有那麼一點
不對勁捏……

話雖如此，來看看台灣也有絕對令人佩服到五體投地的「人客
的喜好絕對為最優先服務」！
例如：

台灣沙必思－老闆太厲害篇：

台灣早餐店：

老闆！我要火腿蛋餅！
不要小黃瓜要加玉米！
不要番茄醬，胡椒粉多一點
還要辣椒醬另外包～
然後 小杯奶茶 中溫再熱一點
半糖再少一點。
要插吸管，不要塑膠袋～

好！

落落長一整串點單都照辦的
太厲害老闆

台灣的老闆都很寵客人，只不過是點個蛋餅、三明治，或一杯冰紅茶，都可以列出大爺我不要小黃瓜要加玉米、紅茶老子要去冰但一點點冰、微糖再一點點甜……，落落長一大串附帶條件。

但台灣的厲害老闆就是可以做到，提再多無厘頭要求都會盡可能幫你做到好。（就算是霸王秦始皇，我看也沒有被寵到只是個早餐都這麼挑剔來的吧……）

而且台灣什麼沒有，就是人情味讓人「感心」到一個不行，連沙必思都是走熱情人情味路線。

例如：

台灣沙必思～太有人情味篇：

台灣美妝店（自營式）

老闆～哪種睫毛膏較好又便宜啊？

可是我沒用過那種耶～！

是個啦！最好用了！

簡單啦～我教妳～

完全充滿人情味的熱心沙必思

台灣、日本大不同的沙必思，就看客官中意哪一款囉～

日式 沙必思

貼心有禮、客人至上

いらっしゃいませー

優雅90度鞠躬

台式沙必思

超級熱心、人情味至上

要買瞘咪，我幫你介紹啦！

總是臥虎藏龍的厲害老闆

在下是偏好台式本土味服務啦……不過若有時能再加上那麼一咪咪的有禮貌，那就更令人感激落淚了！

最後，是最近咱家的實際例子——
一天，照樣被日本人折騰完下班回家時……

ただいま～ （我回来啦～）

一身汗→

熱～

熱～

進入夏天，東京
簡直熱死人…

熱得要死，卻待在毫無冷氣、也沒
有一點風的浴室前，汗流浹背……

噢？…

大熱天，一身汗
坐在浴室門口
←的地上

妮～你在幹嘛？

發現家中到處都找不到大王身影
（可是鞋子和包包都到家了說
……），後來才在浴室找到人……

原來是…

・大王新買了 iphone 4

やっと届ごだ…

終於寄來啦！！

摳門大王耶！所以可以
想像會有多寶貝它了…

然後為了要貼好螢幕保護貼，
就到沒有風吹干擾的浴室前地板

小心

專注

←浴室

還小心翼翼的鋪上
乾淨毛巾，以免弄髒掉…

忙了2、3個小時，後來臉色暗沉，一聲不響的回到房間。一問
之下才知道是……

結果沒貼好
有一個明顯
氣泡

打擊好像很大…

為了那氣泡，沮喪了好幾天的大王……

看著沮喪大王，在下努力憋住笑，心中暗想著：你是沒聽過
「請老闆貼」這句話嗎？

（是的，「請老闆貼」這種貼心人情味的沙必思又是另一項熱
情台灣才有的名家特產啊～～）

在台灣

老闆幫我貼好嗎？

等不來拿，我失去買薄味後～

OK呀！妳放著就好～

↑一邊打電動的隨性老闆

在日本

どうもありがとうございます！

誤擱蝦毫雇員！

阿諾…說不出口…

90°

會幫你包得很漂亮，也會很禮貌
90度鞠躬，但就是沒有
"台式超級人情味"沙必思啊～

啊～不過只限自營店家的沙必思啦～千萬不要當小白，帶去燦Ｘ
等的3Ｃ連鎖店請老闆貼啊～～（帶去也不要說是在下說的啊～）

# 不好意思，
# 對不起了ㄟ～

話說以前還在台灣時，雖然沒有學過日文，但是受日劇的耳濡目染，大概知道日文的對不起就是「斯咪媽線」或是「狗妹那賽」。

看日劇時

有的時候是

狗妹那賽
(ごめんなさい)

有的時候卻是

斯咪媽線
(すみません)

人家想畫的是
帥到翻羽的木村拓哉啊…
(面壁反省中…)

嗯?對不起還有
兩種說法喔??
為什麼啊???

「斯咪媽線」正確日文為「すみません」
「狗妹那賽」正確日文為「ごめんなさい」

當時沒有想太多，不過每次看日劇或動畫，的確對日文裡的
「斯咪媽線」和「狗妹那賽」，到底哪個是指抱歉、哪個是對
不起、什麼場合該使用哪一句……等等問題感到疑惑，這個心
中的結一直沒打開，放著放著也就忘了。

（只是偶爾看電視時，又會想起，心中便又不由自主地卡了起
來，然後就醬卡在那，始終沒有解開就是了……）

然後 演到 正感人的時候…

我… 我對不起你～！　　快別這麼說了～

狗妹那賽～

（ごめんなさい～）

再度 出現，不像的 林林拓哉…

（我… 我去死～～～）

嗯？那為什麼 這時候是
"狗妹那賽"？

"斯咪媽線" 不行 嗎？

↑不會半點日文

完全無法入戲，
一直卡在疑問中…

現在捏，終於學完日文，成功畢業，也想起來有這個心中結
（←這個才是重點……），當然趕快來回報給大家了解一下，
免得大家也心中有結，很難入戲就討厭了～～

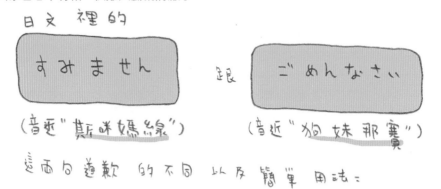

日文 裡的

すみません　跟　ごめんなさい

（音近 "斯咪媽線"）　　（音近 "狗妹那賽"）

這兩句 道歉 的不同 以及 簡單 用法：

「すみません」斯咪媽線跟「ごめんなさい」狗妹那賽
其實，這兩句對不起在日文裡並沒有規定何時一定要如何使
用，大家都依習慣來判別，哪個場合常用或應該用哪句。

（來了～這就是日文考試時，大家常常死很慘的曖昧用法，並沒有
一定的規則可循，就只能靠日積月累的觀察來學習……泣……）

基本上，依照對不起的對象不同，大略有下列3種簡易的分別法：

> A. 對不認識的人時
>
> B. 對熟人、朋友、家人時
>
> C. 對上司、同事、客戶時

A.對不認識的人時──

「**すみません**」（斯咪媽線）為「丁寧語」，也就是比較客氣的對不起，所以對不認識、不熟或長輩（自家雙親以外）都是用「斯咪媽線」比較多。

【例1】
在擠滿人的滿員電車要下車時，會擠到別人，這時說「斯咪媽線」相等於我們的「不好意思」、「借過」的用法。

例1. 在電車上，要借過時，
"不好意思，借過" 要講 ⇒ "すみません"（斯咪媽線）

斯～斯咪媽線～ 借過～

擠死啦～

←電車門口

擠死人的滿員電車要下車時，真的要喊，才比較擠的出去喔～

**不好意思、借過一下＝すみません（斯咪媽線）**

165

【例2】

在外面商店，要叫店員時也是習慣用「斯咪媽線」，這個時候
如果是大喊「狗妹那賽」的話，店員……應該還是會來，只是
會比較無法馬上理解這是怎樣……

老闆～不好意思～＝すみません（斯咪媽線）

【例3】

在路上不小心撞到人，「斯咪媽線」與「狗妹那賽」都可以，
因為「斯咪媽線」是對不認識的人，「狗妹那賽」是自己犯錯
時的抱歉用語，所以都是OK的。

啊！踩到你了，對不起！＝すみません（斯咪媽線）或ごめんなさい（狗妹那賽）

B.對於熟人、朋友、家人時——

【例1】
對於自己的朋友或家人（包含自己的雙親），不論內容是輕量級對不起，還是重量級對不起，一律使用「狗妹那賽」就可以了。

例1. 跟朋友的約會 遲到時（輕量級道歉）

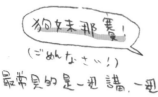

"我遲到了! 抱歉" 是講 "ごめんなさい"（狗妹那賽）

狗妹那賽!
（ごめんなさい!）

最常見的是一邊講,一邊
雙手在胸前合掌低頭,
以示歉意。

もう〜
後〜

我遲到了，對不起～＝ごめんなさい（狗妹那賽）

【例2】
例2. 自己 外遇 跪算盤時（重量級道歉）

"對不起" 這時也是講 "ごめんなさい"（狗妹那賽）

狗妹那賽!!
（ごめんなさい!!）

雖說是跟輕量級一樣是 "狗妹那賽",但這時候的肢體語言
則是事態嚴重的 "土下座"（如圖的跪地磕頭）以示重度道歉
※好孩子不要外遇喔～

我外遇了，對不起！＝ごめんなさい（狗妹那賽）

C.對上司、同事、客戶時——

在公司，基本上算是不熟的人，而且要有禮貌，所以是使用「斯咪媽線」，而不用「狗妹那賽」。

但是在公司又比較特別，因為要使用令外國人倒退三步的傳說中煩死人的「敬語」，所以不是「斯咪媽線」與「狗妹那賽」這樣平常的普通用語就可以解決的。

**【例1】要叫同事時……**

如果在日本公司，我想要叫一下田中先生來討論一下案子，在中文裡應該是：

「田中先生，關於這件案子……」←這樣子就可以了

但在日本的職場就要在對方的名字前、後多加兩句禮貌的敬語，要像這樣：

「在您很忙的時候非常抱歉，田中先生，請問您現在有空嗎？」

（然後等對方回答OK之後，才繼續講「關於這件案子……」）

日文是這樣說的：

「お忙しいところすみませんが、田中さん、今お時間大丈夫ですか？」

例1. "田中先生，關於那案子…" 在日本職場則是要先這樣講：

"在你很忙的時候非常抱歉，田中先生，請問您現在有空嗎？"

然後要等對方說 ok，才能繼續講 "關於那案子…"

お忙しいところ すみませんが、田中さん、今お時間大丈夫ですか？

"斯咪媽線" 包在這落落長一句的裏面

↑還要低頭 必恭必敬

あ，すみません。少々お待ち下さい～

抱歉，請等一下～

↑而且有時是這樣，還要等…

各位看官，這樣有沒有稍微體會為什麼學日文的人都對敬語頭
大到不行……
是的，就是這麼的饒舌又很麻煩！
但是學會了，就會給他變成蓋高尚、有氣質的日文了，而且就
可以……喔呵呵呵～←那樣很爽的大笑了說～
（在下有大笑，但是是很心虛的那種……因為偶爾還是會說錯
……Orz）

【例2】在工作上犯了錯時……

在公司，只是叫個同事就已經是很長一串尊敬到要死人的敬語
了，那……萬一犯了錯要道歉時，當然也不是普通的「斯咪媽
線」就可以了事……
啊！等等，後排那個王同學，不要急著奪門而出，一邊大喊：
什麼鬼日文啊，不過一個對不起，到底要背幾百句，啊～快被
搞死啦～
等等嘛，關於公司裡使用的對不起，是可以只背一句就好的
啦，我……我保證啦～～

在這裡教大家一句在日文裡霹靂好用的道歉用語，那就是
「申し訳ございません」音近「謀洗挖K狗仔衣媽線」。

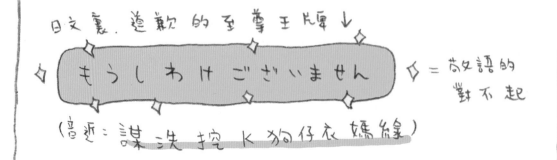

日文裏，道歉的至尊王牌↓

もうしわけございません ＝敬語的 對不起

(音近：謀洗挖K狗仔衣媽線)

這一句「謀洗瞎咪挖勾」，為什麼說它霹靂好用咧？
因為它可是日文裡對不起的至尊王牌啊～～～

（也就是最高等級的對不起啦～所有店家對客人、屬下對上
司、晚輩對長輩等等，通通都適用於這句「謀洗挖K狗仔衣媽
線」來表達最高歉意）

(謀洗挖K狗仔衣媽線)

もうしわけございません (對不起～)

對客P OK！
好吧，都道歉了

對師長也水！
噢呀好有礼貌

對上司、同事OK！
恩，下次小心

當然表情動作也要
很抱歉，才有誠意…

例如：
大家一定有經驗，在日本車站常聽到站務員在廣播裡嘰哩呱啦講個不停，通常都是在講電車會晚到個幾分鐘，向大家道歉。
下次請仔細聽，就算不懂日文，也一定會聽到：
「嘰哩呱啦嘰哩呱啦……謀洗挖K狗仔衣媽線……嘰哩呱啦……」
那就是站務員在跟大家「對不起了」喔～

今天#炎△X電車遲到※△○ 向各位
"謀洗挖K狗仔衣媽線～
新宿駅
今天也
謀洗挖K狗仔衣媽線了…
上班又要遲到了…


下次不妨仔細聽看看～

再例如：
看日劇時，你會發現在公司裡，部下對上司、大家，或向客戶賠罪時，一定會來個九十度大鞠躬，再加上一起大聲的喊：「謀洗挖K狗仔衣媽線！」那就是日語裡表達最高歉意的對不起。（啊～有時候比較誇張，也會加上跪地磕頭的「土下座」）

(もうしわけございません!)
謀洗挖K狗仔衣媽線!
對客戶一定是90度
大鞠躬
哼!

最高歉意的對不起……是不是只有犯很嚴重的錯誤時才使用呢？也不是，日本人好像很注重「有誠意的道歉」這一點，所以小事情也會用到最高對不起來表達誠意，對方也比較容易大事化小、小事化無。

所以，要跟日本人打交道，這張「謀洗挖K狗仔衣媽線」王牌是很實用的說。例如在下就是常常像這樣……

開會的時候～

就連走路都要橫著走的霸道大王，居然也滿吃這張王牌的～

最後，就是最高歉意的對不起王牌「謀洗挖K狗仔衣媽線」的進階應用篇，前面再加上一個強調字「紅豆泥」或「胎hand」。
（「hand」跟英文「手」的發音一樣）

不然就是再加個

紅豆泥　　或是　　胎hand（英文"手"的發音）

（ほんとうに）　　　　　　（たいへん）

包淨王牌道歉效果倍增、直達最高等級

紅豆泥 ＝ 本当に ＝ 真的是
胎hand ＝ 大変 ＝ 非常

「〝紅豆泥〞謀洗挖K狗仔衣媽線！」，和「〝胎hand〞謀洗挖K狗仔衣媽線！」的意思就變成了「〝真的是〞太太太對不起了！」

日文是這樣：
「〝本当に〞申し訳ございません!!」
「〝大変〞申し訳ございません!!」

紅豆泥 謀洗挖 K 狗仔衣媽線！

日文道歉的最高等級：

"紅豆泥" 謀洗控k狗仔衣媽線
（"本当に" 申し訳ございません）
或是
"胎 hand" 謀洗控k狗仔衣媽線
（"大変" 申し訳ございません）

都是最高等級的真的非常抱歉的意思，
背起來就哪裡都好用不失礼

背好這三句，大家到日本遊玩時，除了知道人家在道歉外，萬一不小心踩到人、擠到人、撞到人、拉錯人什麼的，也不至於手忙腳亂、無所是從，還可以做好國民外交，讓人家對台灣國民留下很有禮貌的好印象咧～～～

すみません（斯咪媽線）＝ 對不起（不熟人用）
ごめんなさい（狗妹那賽）＝ 對不起（熟人用）
もうしわけございません ＝ 對不起（敬語用）
（謀洗控k狗仔衣媽線）                     公司用

本当に（紅豆泥）＝ 真的是
大変（胎 hand）＝ 非常

最後復習一次～

# 有料v.s.無料，哪個好料？

若各位有到日本玩的話，應該不時都會看到「有料」、「無料」這兩個詞出現，雖說大家都知道意思，不過還是容許在下雞婆的說明一下：

「有料」就是要錢、要付費的。
「無料」就是不用錢、免費的意思。

ゆう りょう
有料
↓
要付費的

む りょう
無料
↓
免費的

這次來和大家介紹一下日本的有料、無料～
大家在日本遊玩時（尤其是到商業競爭激烈的東京），應該會發現到處都有在發「無料」的面紙。

以前 到日本 自由行時

P.S.

插一下話，我們的隨身包面紙，在日本叫做「剖k偷踢啉」，是由英文的「Pocket Tissue」翻成外來語來的～

在日本街頭拿無料的面紙時，會發現周圍的日本人反而都不大
拿……

還沒到日本住之前，覺得很奇妙～

後來到日本念語言學校時（那段時間很窮，不知道的人客快去
翻翻第一集），在路上遇到發無料面紙，當然是一口氣全部收
下。（尤其是在新宿車站附近，一大票在發傳單面紙）

還自製家用面紙盒來方便使用無料面紙。（這樣就省
了買家用面紙的費用……看看留學生有多窮……）

再過了一段時間，已經在工作，遇到發面紙也比較不會那麼拚命的衝去拿。（有發，當然還是收下囉～）
有一次，晚上從車站出來時，遇到發無料面紙就順手收下
結果，沒想到……

發面紙的〝咖魯歐〞給我一個詭異的笑容

サンキュ～嬢ちゃん

謝啦～小姐～

眨眼！

啥？

接著說：

什麼是「咖魯歐」？

「咖魯歐」就是直譯日文裡的「ギャル男」來的。
「ギャル男」的「ギャル」（發音近似「咖魯」），是指在涉谷一帶，穿著大膽、夜店風格的女生，以藝人來舉例的話，倖田未來、濱崎步等，都是屬於「咖魯」風格。

日文〝ギャル男〞＝咖魯歐

茶色髮、假睫毛是絕對必須的。還有頭髮也會弄成很大一顆，很有特色。
ギャル（咖魯）多為10～20代年輕愛時髦的女生，打扮大多走誇張的濃妝豔抹路線，像醬～

那「咖魯」的男生版就是加個「男」變成「ギャル男」（發音近似咖魯歐）。

"ギャル男" 咖魯歐 特徵：

← 中長 染髮，超長瀏海

視髮型為生命，會整理的很有型

← 晒黑黑

← 服裝 多為黑或多紋筆筆，夜店風為主流

← 尖頭鞋 叭 靴

俺だぜ！☆

「咖魯歐」們雖然不能像女生濃妝豔抹，但是在髮型、服裝、飾品上作怪的程度可一點都不遜色於女生的「咖魯」，以下為專為咖魯歐服飾而發行的流行雜誌《men's egg》和《men's egg Youth》：

日本的有名咖魯歐專門雜誌《メンズエッグ》

咖魯歐

這樣知道什麼是咖魯歐了嗎？

回到主題……
（請您原諒歐巴桑在下，就是很會東扯西扯的～）
因為那個「咖魯歐」實在是笑得太詭異了，於是回家後，我特別把他給的無料面紙掏出來看……
感覺沒什麼啊……就還滿好看的無料面紙嘛！沒想到翻到背面，仔細看了一下上面寫的日文……

居然是酒店在招募坐檯小姐的徵人廣告面紙啦～
拿著這包去，就可以體驗當小姐啦……＞＜
所以……那個「咖魯歐」小哥原來是誤以為人家有興趣，難怪笑得很賊啦～～～

都歐巴桑了，還跟人家去坐什麼檯、夜什麼店啦，矮油～＞＜～

掩面淚兩行～

現有體驗打工活動→
帶此面紙來
打工 90 分鐘
現領 13000 円喔！
（難怪要跟我眨眼啦）

←女孩俱樂部（店名就很可疑了...）

♥More♥
←時薪 4000 円～

←徵 18 ～ 28 歲
有附禮服 深夜接送
（也就是酒店要穿的禮服
然後陪酒到太晚還有接送的意思啦
...Orz...）

於是趕緊再翻出以前收下的無料面紙，看看還有沒有什麼奇怪的……（以前看不懂日文，現在終於看懂了，趕快檢查一下）
蛤！原來是女僕咖啡店徵女僕的廣告面紙……
（啊～還以為怎那麼可愛，還有插圖咧～）

以前覺得插圖真可愛就收集起來的面紙→

還有這個，有沒有很可愛！顏色很Q、配圖又
超卡哇伊的……
結果，人家是情色交友廣告……
（淚奔＞＜～）

還畫了很可愛的機器人那……誰會
想到跟情色有關啊～～（捶牆）

不過，也不是全部的無料面紙都這麼限制級，還是有普通正常
的廣告面紙啦……

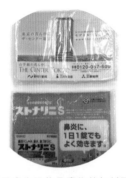

難怪東京街頭的人不大愛拿
無料面紙，原來是一不小心
就會拿到情色炸彈來得啊
～～

（雖說那對看不懂日文的
人來說毫無殺傷力就是了
……）

房屋廣告跟藥品廣告的無料面
紙。

有沒有……不拿就是不拿！妹
妹發得很辛苦，大家就是都不
拿……

發面紙發得手都痠了，還是沒半個人要接過那無辜的無料面
紙；問了一下同事們，據說除了因為不想拿到情色炸彈之外，
還有東京住家已經就很小、很窄了，不想多拿，佔地方；還有
面紙質感不好、包包很小塞不下……，眾多個人因素，總之整
個就是沒有對無料面紙很有興趣就是了。

（在台灣應該是不管印上什麼不良風俗廣告，免錢就是好，不
拿回家還會被媽媽罵：「阿呆喔，免錢就拿啊～」的情況吧
……好啦，至少會被敝人的最強阿母罵～）

除了無料的面紙，快來看看，在日本還有哪些東西是無料任你拿的捏～

那就是「無料雜誌」！

是的，不愧是文化大國日本，在路上、車站內、便利商店……隨處可見無料雜誌，且種類之多，分類之細，簡直就是讓人看得眼花撩亂，拿得手軟腳軟啊～～

像這樣，在架子上會有寫「free」、「0 円」、「無料」的，就是免錢可以拿走的雜誌！

有的會寫「○○××自由○×○……」，看到那個「自由」二字，也大多是免錢雜誌，擔心的話問一下：「口蕾挖母溜得死嘎？」（これは無料ですか，中文意思就是「這是免費的嗎？」）就可以了～（無料音近「母溜」）

這個是住家雜誌，介紹買屋情報。

有沒有……寫著大大的「0円」，那就是快拿的意思～這本是介紹新宿很多吃吃喝喝店家的雜誌，裡面還會有折價券。

還有每個月固定出版的商店優惠訊息雜誌，例如有名的《CouponLand》。這期封面是新垣結衣喔～真是受不鳥的口愛～

還有啊～想去旅行，沒錢、沒時間，只能望梅解渴的話，車站內也有媲美專業書店的一整排旅遊相關雜誌、廣告，可以通通帶走，絕對不會被抓去關。

從國內、國外旅遊，到搭船、搭飛機、搭巴士的旅遊行程，多到眼花撩亂。

家裏就很擠了，還到處堆滿無料雜誌要丟都嫌重…

おまえ～你這混帳～

貪小便宜的歐巴桑

嘿嘿

欠扁…

這麼多好康的無料雜誌，對歐巴桑如我，當然是二話不說，抱了很多本回家。

（結果，被負責丟資源回收垃圾的大王狠狠的訓了一頓……）

181

除了面紙跟雜誌是最常見的無料商品之外，還會有一些哩哩扣扣的無料商品出現在日常生活中，例如：

有的眼鏡店會放洗眼鏡的機器，讓人免費把眼鏡放下去洗。台灣也有類似的服務，但要進到店內請店員幫忙。

夏天天氣太熱，超市還會在門口放無料的冰涼麥茶讓人家喝。不管人客有沒有買東西都可以喝哦！

還有，有些超市會提供免費的牛脂塊，讓人帶回家煎鍋用。這個是可以在煮壽喜燒煎鍋時用的牛脂塊。

諸如此類，琳瑯滿目，一大堆無料的商品……
大家要是下次到日本遊玩，可要睜大眼，找看看哪裡有「無料」這個美好的關鍵字，說不定會挖到什麼好康的喔～～

接著，說說咱家發生的事。話說那是到日本的第二年……

一天假日，跟大王在家一如往常過著和平的日子。
啊～所謂的和平，指的是……

大王霸佔電視，打一整天PS3，一關接一關

井水不犯河水，和樂融融

啊……啊

廢人在下則是在電腦看租來的美國影集一片接一片，（還要搭配果實酒跟洋芋片，才夠頹廢…）

然後這平靜、美好的片刻，就被那突來的急促敲門聲給打斷了……

（為何是敲門而不是按門鈴呢？是的，大王家的門鈴壞了很久，那摳門如大王也，不會想花那個錢去修，所以來訪的人都只能很原始的敲門……）

大王躡手躡腳的走到門前去察看……

10幾分鐘後，大王才終於鬆了一口氣回到房間。

終於走了。しつこいな〜

（很煩耶〜）

首先就是把電動繼續打開…

怎啦怎啦〜那是誰啊很嚇人捏〜

討債公司還是舊情人啦〜

急著八卦

那是NHK來收錢的啦〜

嗯??

是電視台的NHK嗎?除夕才播紅白歌唱那个

有聽懂沒有懂

嗯?NHK那一台，又不是有線電視幹嘛收錢?

（拜問如大王怎可能接電錢的有線電視，所以我倆家是沒有有線電視的…）

吼〜你的大王臉好臭!!

撞到電視錢

不耐煩

「不要打擾老子的快樂電玩時間的明顯臭表情…

只見大王不耐煩的急著繼續沉溺電玩世界，完全不理會研精不倦、勤勉向學的貧僧的虛心請教，在下只好收起這滿腔上進的熱情，擇日再請教其他的好心日本友人……（哼！）

原來，那天是NHK電視台來跟一般平民百姓收費的收費員……

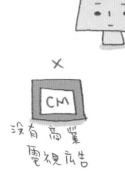

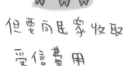

經過幾次跟日本朋友請教之下，才知道……
在這「無料天國」的日本，收看原本就是免
費的無線電視台（相等於台灣的台視、中
視、華視、民視四台），居然是要錢的!?
據說NHK電視台的系統很特別，雖然它是無
線電視台，但是卻不做商業廣告，所以沒有
廣告收入，而是以向收視戶挨家挨戶的取費
用，來獲取營收。（啊～國家也有補助就是
了）

雖然說，法律上規定NHK
的費用是義務性的，大家
一定要繳，但是不滿這項
規定、且真的要求沒有在
看那一台的人也要付費，
就滿不公平的。而且很難
判定家裡有電視的，啊
到底有沒有去看NHK那一
台，所以就醬非常的扯不
清，有乖乖繳費的人家，
也有人就乾脆裝死（咱家
大王為代表）～

185

乾脆拒繳的民眾也大有人在，而大王則是當初搬上東京時就遇到NHK收費員，第一次就傻傻的繳了費，之後留下了收費紀錄，所以每次都會來大王家追討費用。

日本有繳費與沒有繳費的人口數比例（藍色是有繳費的，粉紅色的是沒有繳費的）如下：

有1086萬戶是沒繳的～

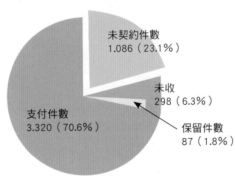

平成19年3月末的受信契約數

未契約件數
1.086（23.1％）

未收
298（6.3％）

支付件數
3.320（70.6％）

保留件數
87（1.8％）

在網路上隨便搜尋，就有一堆相關的討論。質疑NHK的受信費用為何是義務性及表達對強制繳費的疑惑。
也有人就乾脆擺明拒繳。

NHK受信料の支払い拒否をしようと思うのですが。- メディア ... ☆
2010年8月29日 ... しかし、NHKは、公平なのでしょうか。民放と質的に異なるのでしょうか。もし、NHK受信料は払うもの？
NHKを見ない人にとっては、「何で」と感じるかも知れませんが、今後のテレビの発展を考えると、投
NHK テレビが家にあったらNHKに支払っていないと法律違反なんですか ... ☆
2007年10月31日 ... ★NHKが契約拒否してます。こちらから契約に追加する内容を提示したら、
NHKの受信料を支払う方が馬鹿？- BIGLOBEなんでも相談室 ☆
2010年6月10日 ... NHKの受信料を支払う方が馬鹿。私は実家も払っていましたし、一人暮らしも
【裁判】「NHK受信料、契約と支払いの強制は違憲！」と主張するも ... ☆
2010年6月29日 ... なんでnhkの受信料ってわざわざ契約して払うの？ その手間暇自体ムダじゃ
教えて！HMV - NHKの料金って何で支払うの？☆
NHKの料金って何で支払うの？NHKって国営放送でもなくなったのに、どうしてテレビがあるだけで
NHK受信料の「支払い拒否」って見逃してもらえない人もいるんだ ... ☆
2009年7月31日 ...「他の放送局は受信料とってないのに、なんでNHKだけ受信料とるの？」他局と

所以啊，大家來日本玩的話，在飯店記得轉到NHK那一台，瞧瞧什麼叫做完全沒有商業廣告的電視台，反正住飯店收看：
全無料的啊～～

喝杯茶休息一下～

關於「直接翻譯」這件事……

話說在下雖然已算是學會日文了,但是因為日文的漢字與中文相同,所以常常不注意就將中文的習慣套到日語上。

(不是藉口喔,真的跟小的孤陋寡聞、好吃懶做、不查字典沒有關係喔……心虛……)

例如:
有一次回台灣,隔了幾天跟大王通電話時……

在下的小女人撒嬌，就因跨不過那國際語言高高聳立的厚厚城牆，而被冷血無情的掛了越洋電話……

休假結束後，回到日本，上語言學校課時，趁機問了老師這個問題。

咦～這麼噁心的啊！喔～不是，怎麼變得這麼複雜又長的一句呀？
沒有簡單的就是「我想你」的日文嗎？（意外～）
而且，重點是「因為你不在，我很寂寞」……這實在是太噁啦！我、我我……害羞，說不出口呀～

接著，老師又說明：

這句「因為你不在，我很寂寞」也不是常常被使用在日常生活中啦。因為日本人比較含蓄，比起「我想你」這麼直接的表達情感，會比較常使用「会いたい」（我想見你）這種婉轉的說法。
所以說，在日文裡是沒有「我想你」的這種說法，而是委婉的說「我想見你」（会いたいです）。
據說，連「我愛你」（愛してる）也是近代受西方文化影響，才開始普及的。

咦～原來如此，因為民族性含蓄的關係，所以也就沒有直接表達情感的「我想你，想你想到心肝裡啦，我的甜心寶貝兒～」的這種洋式誇張表現法囉？

那……所以說，很多文字的用法到日文後，都會變得跟日本人個性一樣很含蓄的是嗎？

……嗯……那倒也不是……

比如說：

某天跟大王吃飽飯，心滿意足的撒嬌說：

(是的，什麼都不會，最會耍肉麻又來了！)

這一說，可不得了！
只見大王滿臉通紅，
並用充滿嫌惡的眼神
瞧著我……

後來才知道……原來抱一下的「抱」，在日文裡雖然也是抱的意思，但還有「上床」的意思。所以在大王看來，在下剛才是這樣的：

簡直是輕挑隨便到了極點，好似那山寨大王吃飽飯，就「馬上要」一般的粗魯不堪呀～

＞＜真是喔買尬！人家好歹也是走氣質路線的耶（自稱）～～

就像這樣，就算學會了日文，但因為使用的習慣大不同，所以一不小心就會有會錯意的時候。（特別是像在下這種隨便學、隨便用的不認真學生……）

還有一次，是在下因為肚子不舒服，一個人到醫院給醫生檢查時……
醫生說：

還懷疑是不是自己聽錯了，於是又再問一次，結果還是一樣，叫我去床上變成橫的……

於是乎……
努力變成橫的!?

回到家，問大王後才知道，原來「橫になってください」並不是叫我去「變成橫的」，而是「請躺下來」的意思……

後來認真查字典才知道，還好那天醫生不是跟我說另一句：
「椅子に腰をかけてください」。因為……

**椅子＝椅子**
**腰＝腰**
**かけてください＝請掛上**

直接翻譯就是──「請把腰掛在椅子上」，那在下我那天應該會更糗的變成這樣……

原來，「椅子に腰をかけてください」也不是直接翻譯成「請把腰掛在椅子上」，而是「請坐在椅子上」的意思啦～

所以說，像這樣日本語大不同的實例在日常生活中還是有很多、很多的，大家請小心使用啊～
（不過呢，犯這種丟臉死的錯，大概也只有在下這樣的天兵才幹得出來啦……＾＾；）

# 請客這件事……

話說，有一次回台灣渡假……

（是的，「又」回台灣渡假，自從到日本定居後，每年的出國旅遊再也不是「出國」，而是永遠迫不急待的拉著行李箱，直奔唯一目的地——「桃園國際機場」）

那一次回國的目的，除了開心的吃雞排、喝珍奶、瘋狂逛夜市、把自己吃肥個幾公斤以小解鄉愁之外，還有另一項重要任務，那就是——招待日本友人。

是的，要怪就怪在下「不八婆我會死」的三八習性，在公司跟日本同事吹噓咱們台灣有多好、有多讚，沒有來過一次一定會後悔錯過這樣一個美好寶島……的疲勞轟炸下，日本同事佐和井さん跟他的老婆大人，也趁這次的假期參加了台灣旅行的觀光團，並約好其中一天晚上一起吃飯。

當天飯局的成員：

佐和井さん　和老婆大人　　肇事者　在下　被硬拉來作陪的好友　羊塔小姐及　先生

「お世話になります！」　「歡迎～」

當天晚上去吃港式飲茶，為了盡地主之誼，當然要使盡渾身解數。所謂，「有朋自遠方來，不亦樂乎」之道就是這樣，對吧！
於是在下與好友便豪邁的呼叫店小二，將好吃的全端上桌來，免得有失體面。

菜餚一道道的端了上來。為了表現熱情歡迎之意，我們還特地多點了幾道菜低，所以菜餚滿滿的鋪了一整桌

過了一會兒，滿桌的菜餚也吃得差不多，身為招待主的我們很滿意的擦擦豬油嘴，摸著漲得圓鼓鼓的小豬肚，準備起身結帳去；卻發現賓客二人組，好像還沒吃飽似的繼續吃著剩滿桌的菜餚……

繼續吃，默默的埋命吃

……嗯？

還沒吃飽嗎？慘了

沒有招待好客人呀～

已經吃到快撐破肚皮的我們，只好再坐下來，看著賓客二人組把菜餚吃到見底，一邊很佩服兩人的肚皮，一邊擔心是不是點的不夠，讓人家吃到盤子都空了……

怎辦 菜都空了 他們還在吃，是不是不夠啊？ 快加點什麼吧？

嗯！好！

吃！
吃！
吃！
吃！
吃！

先生抽煙休息↓

所以，最後又再加點了幾道菜。只見賓客二人組一邊揮汗，一邊面有難色的繼續吃著菜餚……

小的才忽然恍然大悟的想起一件事，趕快跟賓客二人說：

不…不要硬撐喔！吃飽了可以不用再吃，菜餚剩著沒有關係的…

難道是…

真的嗎？可…可是…

← 泛著淚光的兩人
（果然是勉強著在硬塞的…）

原來是在咱們大中華習俗裡，宴請賓客時，若讓賓客吃到盤光見底，代表沒讓人家吃飽，是沒面子的事；而賓客也不能將菜餚全部吃個精光，否則也是代表「我根本沒吃飽，菜不夠」，對主人家沒禮貌。

大中華 習俗

盡量吃啊

不不，太豐盛了，吃不下了！

主人，不能讓客人吃不夠

← 不能吃個精光

客人，不能將菜吃的精光要剩一點，表示太豐盛，吃不完

但在日本，則有「作為被招待的一方，端出來的菜餚必須要全部吃光光，一點都不能剩，否則就太沒禮貌、太辜負招待者的心意了」這樣的禮儀習俗。

日本文化

被招待的食物.
不能剩下來, 且要懷著
感謝食物的謝意
吃光

ご馳走さまでした
感謝招待!

← 吃的很乾淨

P.S.

在日本，甚至在一般的餐廳，若點了一桌子菜卻都沒吃完，比較傳統的店家老闆可是會生氣的～（因為除了太浪費，也沒有好好珍惜食物的關係）

因為中日文化的不同，造成了那天這般光景……

招待的這方是:
不能吃不夠, 趕快加點啊～
讓客人吃到盤子都
光了, 怎麼行～

而被招待的那方是:
不能剩下來、要吃光…
媽呀不要再點啦～
肚子快爆了～

↑猛加點

↑狂硬塞…

不同的文化習慣，就演變成這樣一整個大誤會啊～～

還有一次，大王的台灣
朋友到東京玩，於是找
大王出去吃個飯。

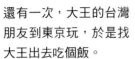

朋友說：

最後，摳門大王果
然不負眾望的帶著
一票人去吃……

對於豪氣請客成習慣的台灣人而言，這樣的不豪氣請客可真是需要勇氣的！
不過，日本的「要非常珍惜食物，不可以浪費」，以及「對食物懷著感謝之意」等好美德，
還真是值得好好向人家學習呢！（好啦，大王，這次是你對，我去跪著反省先……）

# 日式浪漫

一般，我們「外國人」對於日本男女交往的印象，通常是像日劇裡的男生走前面、女生走後面，也沒什麼手牽手，也不大像洋人都會對女友噓寒問暖，左一句「矮老虎油」，右一句「矮米死油」的甜死人羅曼蒂克。

日式浪漫通常是默默的一起走，頂多閒話家常，旁邊沒人時牽個手。

這樣「淡～淡」的交往方式，並不表示愛情濃度就一定會比老外少，只是日本人表達「我愛你」的方式，較為保守含蓄罷了……

比較傳統的日本男性在求婚時，不是像洋人的「嫁給我吧！我的甜心！我的天使，不能沒有妳～」這麼的坦蕩蕩、直接而大力的表現，這是因為日本傳統男兒向來要「氣勢萬千、義氣凜然」，對於男女私情更要有氣魄、夠豪氣，才夠男子漢大丈夫。

所以，怎麼可以用卑下的態度，甚至跪半膝的低姿態哀求說：
請妳嫁給我吧～
這簡直太荒唐，根本是邪魔歪道呀～（這是原則問題的樣子……）
啊～那總還是男方得開口嘛，不然都不用結婚了！所以日本男子漢只好掩藏自己表露情感的一面，用其他比較灑脫且冷靜（男生自以為）的話語，來表示「我想跟你在一起，一生一世」的結婚慾望，於是便衍生出了委婉表達「嫁給我吧！」的常見求婚日語，有下面這幾個版本

版本1
來照顧我的生活！

俺の世話をしてくれないか？
来照顧我的生活好嗎？

我，我是男子漢捏

呀～

版本2
來幫我洗內褲！

版本3
跟我進同一個墓地！

版本5
為我生小孩！

203

雖說乍聽之下非常的大男人主義，但背後還是充滿了鐵漢柔
情低……

P.S.

近年來，日本女性意識也逐漸抬頭，所以像這樣大男人的求婚方
式也有越來越少的趨勢了……

對於不是很了解日本文化的人（當初的在下）而言，那時是這
樣的：
剛開始還在台灣、日本兩地遠距離戀愛的時期，大王在電話裡
問在下，要不要考慮搬到日本定居時，是這樣問的：

再度聽不懂，在下是這麼回答的……

就這樣，大王百年難得一次的浪漫表達，就被我這呆頭鵝碰了
一鼻子灰。
過了好幾年，在下漸漸地越來越了解日本文化，但就再也沒聽
過大王任何的浪漫話語了……（只能說自作自受，有因就有果
啊～淚奔～）

之後到日本生活，跟大王的相處，一開始是這樣……

平時閒閒沒事：

205

或是，大王下班回來時……

就像這樣……大王一直是看似冷淡（實際也冷淡？）的反應，
剛開始很不習慣，常常為了他冷冷的態度而不滿。
後來漸漸融入日本生活，也因為開始在日本工作，光是應付工
作的事就精疲力竭，也不再那麼在意大王的淡淡態度的問題，
久而久之也就習慣兩人之間平淡話家常的生活。

偶爾，無言、冷
淡大王的一句關
心，反而就可以
讓我感到開心、
溫暖很久。

雖然是很平常的一句話，但實在是太稀少了，所以特別開心。

（所謂M就是有被虐傾向，詳見《接接在日本——台灣、日本大不
同！》〈你是S還是M？〉）

之後，工作也漸漸穩定了，有一次趁公司放假，難得回台灣一趟，跑去夢寐以求的電影院看電影。

（為何夢寐以求？因為日本看電影很貴……捨不得花）

然後還沉醉在電影浪漫劇情裡的在下，當天晚上打給大王時忍不住就脫口而出：

就這樣，習慣了淡淡的日式浪漫，偶爾小甜蜜，就算大王沒有
像電影主角一樣每天「矮老虎油」、「矮米死油」的超乎異常
羅曼蒂克，也將就湊合著過日子了～
（童話故事裡「從此在城堡裡快樂生活」之真實世界版？）
另外，大王雖然不大會說浪漫的話，但有一次似乎有感覺到他
「獨自一套」的愛情表現方式……

那是在剛到日本不久時，有一次一起看電視～

然後，某天假日，大王說：

於是坐上大王的摩托車後座⋯⋯只見大王越騎越遠，遠遠超過
我們一般會去吃飯、買日常用品的區域，從新宿騎到澀谷，經
過一堆我也不知地名的地方，總之騎了很久⋯⋯

最後又沿路騎，一直騎回家⋯⋯

⋯⋯是的⋯⋯因為聽到在下說想觀光東京其他地方，所以大王「體
貼」的載著在下，「默默」的騎車「觀光」了東京幾乎一周⋯⋯
這就是大王「獨自一套」的浪漫愛情表現⋯⋯

不！完全不能怪大王的獨特浪漫……
只能說是在下太遲鈍，太不懂得無言就是溝通！
眼神就是問候「我愛你!!」騎著車一起飆過東京一周，就是最高
的「大王式浪漫」了!!!

大王式浪漫

呼，又做了好事一件.
要滿足女友的願望
也很辛苦呢!

‧‧‧‧‧‧‧‧‧

↑
要吐槽的點太多
一時不知從哪開始…

血與淚→

回家吧!

嗶…嗶我輸你…

以上《接接在日本2》完畢.
感謝您的收看.
另外《接接在日本》粉絲團
在 FACE BOOK 上.
歡迎加入喲～♡
輸入"接接在日本"
搜尋即可～

‧‧‧

下台一鞠躬

大王（本人～）也在粉絲團裏喲

後記

《接接在日本》出第二集啦！
這真是太令人開心的好消息，全都要感謝各位讀者對第
一集的好評與努力支持^▼^

第二集除了一樣跟各位揭露日本不思議的文化現象，與
咱家宅男大王繼續耍天兵跟大家獻醜之外，也百分百不
藏私的將自宅狗窩露餡呈現在此書裡面，希望給各位看
個過癮，笑個開心^^

感謝一路支持的各位讀者大人，也謝謝商周出版編輯部
的各位，為了做出最好的呈現，大家辛苦了～

JdeJde

Colorful 28

# 接接在日本2

作　　者／接接 Jae Jae
選書責編／何宜珍
特約編輯／潘玉芳
協　　力／魏秀容、周怡君、劉枚瑛、葉立芳
美術編輯／林家琪

版　　權／葉立芳、翁靜如
行銷業務／林彥伶、林詩富
總 編 輯／何宜珍
總 經 理／彭之琬
發 行 人／何飛鵬
法律顧問／台英國際商務法律事務所　羅明通律師
出　　版／商周出版
　　　　　臺北市中山區民生東路二段141號9樓
　　　　　電話：(02) 2500-7008　傳真：(02) 2500-7759
　　　　　Blog/http：//bwp25007008.pexnet.net/blog
　　　　　E-mail：bwp.service@cite.com.tw
發　　行／英屬蓋曼群島商家庭傳媒股份有限公司城邦分公司
　　　　　臺北市中山區民生東路二段141號2樓
　　　　　讀者服務專線：0800-020-299　24小時傳真服務：(02)2517-0999
　　　　　讀者服務信箱E-mail：cs@cite.com.tw
劃撥帳號：19833503　戶名：英屬蓋曼群島商家庭傳媒股份有限公司城邦分公司
訂購服務／書虫股份有限公司客服專線：(02)2500-7718；2500-7719
　　　　　服務時間：週一至週五上午09:30-12:00；下午13:30-17:00
　　　　　24小時傳真專線：(02)2500-1990；2500-1991
　　　　　劃撥帳號：19863813　戶名：書虫股份有限公司
　　　　　E-mail：service@readingclub.com.tw
香港發行所／城邦(香港)出版集團有限公司
　　　　　香港灣仔駱克道193號東超商業中心1樓
　　　　　電話：(852) 2508 6231傳真：(852) 2578 9337
馬新發行所／城邦(馬新)出版集團
　　　　　Cit　(M)Sdn. Bhd.
　　　　　41, Jalan Radin Anum, Bandar Baru Sri Petaling,
　　　　　57000 Kuala Lumpur, Malaysia.
　　　　　電話：(603) 90578822　傳真：(603) 90576622
行政院新聞局北市業字第913號

封面設計／林家琪
印　　刷／卡樂彩色製版印刷有限公司
總 經 銷／聯合發行股份有限公司　電話：(02)2917-8022　傳真：(02)2915-6275

■2011年（民100）8月16日初版　　Printed in Taiwan
■2016年（民105）5月3日初版21刷
定價280元
著作權所有，翻印必究
ISBN 978-986-120-963-0

城邦讀書花園
www.cite.com.tw

國家圖書館出版品預行編目資料

接接在日本2/接接 著. --初版.--
- 臺北市：商周出版：城邦分公司發行，2011.08　面；　公分. --（Colorful；28）
ISBN 978-986-120-963-0（平裝）
855
100014104